Seit zwölf Jahren sitzt Noras Vater in Haft. Damals wurde er für den Mord an ihrer Mutter verurteilt, obwohl er stets seine Unschuld beteuerte. Nora ist felsenfest davon überzeugt, dass ihr Vater nicht der Täter ist, und versucht alles, um ihn aus dem Gefängnis zu holen. Als ein anonymer Brief mit Hinweisen bei ihr eintrifft, entschließt sie sich, in ihr Heimatdorf Wolfshagen zurückzukehren – den Ort, an dem alles geschah. Engagiert und selbstbewusst stellt sie Nachforschungen an und ist sicher, den wahren Mörder in dieser trügerischen Idylle zu finden. Doch die dörfliche Gemeinschaft hält fest zusammen, und je mehr sie sich von der mittlerweile erwachsenen Tochter des Opfers provoziert fühlt, desto gefährlicher wird ihre Suche für Nora.

»Ein manchmal ziemlich böses Buch von einer guten Menschenkennerin.« WDR

Anke Gebert wurde 1960 in Halle an der Saale geboren. 1988 siedelte sie nach Hamburg über. Sie ist Autorin von Romanen, Krimis, Sach- und Drehbüchern und erhielt zahlreiche Auszeichnungen für ihre Arbeiten. Im Fischer Taschenbuch Verlag erschienen ihre Bücher ›Im Schatten der Mauer‹ (Bd. 16238) und ›Besuchsreise‹ (Bd. 16145). Mehr Informationen unter www.ankegebert.de.

Unsere Adresse im Internet: www.fischerverlage.de

Anke Gebert

DAS TREIBEN

Krimi

Fischer Taschenbuch Verlag

Veröffentlicht im Fischer Taschenbuch Verlag,
einem Unternehmen der S. Fischer Verlag GmbH,
Frankfurt am Main, Januar 2007

Gesamtherstellung: Ebner & Spiegel, Ulm
Printed in Germany
ISBN-13: 978-3-596-16930-6
ISBN-10: 3-596-16930-5

Für Ralf

»Es war einmal eine kleine süße Dirne, die hatte jedermann lieb, der sie nur sah, . . .

›Komm, Rotkäppchen, . . . Mach dich auf, bevor es heiß wird, und wenn du hinauskommst, so geh hübsch sittsam und lauf nicht vom Weg ab, sonst fällst du und zerbrichst Glas, . . . Und wenn du in die Stube kommst, so vergiss nicht, guten Morgen zu sagen, und guck nicht erst in allen Ecken herum . . .‹

Wie nun Rotkäppchen in den Wald kam, begegnete ihm der Wolf. Rotkäppchen aber wusste nicht, was das für ein böses Tier war, und fürchtete sich nicht vor ihm . . .«

(Aus »Rotkäppchen« von den Gebrüdern Grimm)

Es war Vollmond. Sternklarer Himmel. Wir schleppten sie aus dem Wald heraus. Ich weiß nicht, ob die Frau wirklich schon tot war. Schwer war sie. Schwer wie ein Sack, das sagt man doch so, wenn einer sich nicht mehr rührt. Vielleicht lebte sie auch noch, das stelle ich mir bis heute oft vor. Ihre Füße rutschten mir aus den Händen. Schleiften eine Spur in den schwarzen Waldboden. Es war schwierig, sie wieder zu fassen. Über der Straße lag dichter Nebel. Wir legten die Frau ab. Schnell. Schnell ... Von weitem nahte ein Auto. Mit hell leuchtenden Scheinwerfern. Besoffene hingen aus den Fenstern und grölten in die Nacht. Fuhren wie die Henker. Sahen uns nicht. Sahen die Frau nicht. Überrollten sie. Schnell. Schnell weg ...

***

An der Kreuzung Stephansplatz staut sich der Verkehr so stark, als wäre *Rushhour* in Hamburg. Doch es ist erst vormittags gegen elf Uhr, als Nora in ihrem alten Alfa Romeo durch die Stadt in Richtung Justizvollzugsanstalt fährt. Noch ahnt sie nicht, dass sich direkt vor der JVA ein Unfall ereignet hat. Polizisten beginnen damit, die Unfallstelle zu sichern. Ein lebloser Frauenkörper wird auf eine Trage gebettet und in einen Notarztwagen verfrachtet. Ringsum ist der Verkehr zum Stehen gekommen. Auch in den Seitenstraßen fahren Wagen für Wagen auf. Nora fixiert das gewaltige Justizvollzugsgebäude und kann gerade noch bremsen, bevor sie beinahe mit hoher Geschwindigkeit auf einen stehenden Wagen auffährt. Sie wird nach vorne geschleudert. Noras alte Puppe fällt von der Rückablage auf die Sitzbank und dann mit einem lauten, kläglichen »Mamaaa«, das aus ihrem Bauch tönt, auf den Boden des Autos. Nora dreht sich um. Die blonde Puppe liegt dort mit langen, ausgebreiteten Haaren. Die Augen aufgerissen. Wie tot. Abrupt dreht Nora sich wieder nach vorne, sieht mehrmals hektisch auf die Uhr und versucht vergeblich zu erspähen, warum sie ausgerechnet jetzt hier im Stau stehen muss. Ratlos löst sie den Gurt und lehnt sich zurück.

Den Blick auf die JVA gerichtet, erinnert sie sich, wie sie als Siebenjährige zum ersten Mal dieses Gebäude betrat. Sie hört noch das laute Hallen der Schuhabsätze der Gerichtsdienerin. Und sie sieht, wie sie durch eine riesige braune Flügeltür in den Gerichtssaal geführt wurde. Die Leute drehten sich zu ihr um. Nora drückte ihre Puppe ganz fest an sich. Ihre Schritte wurden immer kleiner, doch die Beamtin schob sie mit Nachdruck weiter in den Saal hinein. Plötzlich entdeckte Nora ihren Vater. Er saß zwischen zwei uniformierten Männern. Nora lief auf ihn zu und hielt ihm stolz ihre Puppe hin.

»Die hat mir der Weihnachtsmann ins Heim gebracht!«

»Papa, wann holst du mich ab? Ich will wieder nach Hause!« Der Vater streichelte mechanisch über das blonde Haar der Puppe. Die Gerichtsdienerin führte Nora behutsam auf den Stuhl im Zeugenstand. Noras Füße kamen nicht bis zum Boden. Sie verschränkte sie ineinander. Ihr Kinn legte sie auf den Kopf der Puppe.

Der Staatsanwalt fragte:

»Nora, du hast uns erzählt, dass dein Papa und deine Mama sich zu Hause laut angeschrien haben. Stimmt das?«

Nora sah nicht auf.

Der Richter fragte:

»Was hat dein Papa denn zu deiner Mama gesagt?«

Nora begann, auf dem Stuhl vor und zurück zu schaukeln.

»Was hat er geschrien, dein Papa?«

Nora reagierte nicht.

Die Stimme des Staatsanwaltes wurde leiser und sehr nett.

»Nora, du musst jetzt wiederholen, was du uns gestern erzählt hast. Du willst doch deinem Papa helfen. Das willst du doch, oder?«

Nora nickte, sah zaghaft ihren Vater an. Der lächelte. Nur ein wenig und anders als sonst. Doch er lächelte –

endlich. Nora sah zu ihren baumelnden Füßen hinunter und flüsterte:

»Was Schlimmes hat er gesagt.«

Die Stimme des Staatsanwaltes wurde noch freundlicher als vorher.

»Was hat er Schlimmes gesagt?«

Es war ganz still im Saal. Ganz kurz nur würgte Nora ihre Puppe am Hals.

»Ich bring dich um!«

Der Staatsanwalt wendete sich sofort von ihr ab und verkündete laut:

»Ich wiederhole: Ich bring dich um, hat der Angeklagte geschrien und ist dabei handgreiflich geworden. Jürgen Herbst hat seiner Frau mit Mord gedroht, ihn regelrecht angekündigt.«

Der Richter wollte von Nora wissen, ob das wirklich stimmt. Ganz verstand sie die Worte der Erwachsenen nicht. Doch was sie selbst gesagt hatte, das war wahr. Sicherheitshalber ließ sie nur ihre Puppe für sich nicken. Der Richter gab zwei uniformierten Männern ein Zeichen, damit sie Jürgen Herbst abführten. Sofort rutschte Nora von ihrem Stuhl.

»Papa!«

Sie lief ihm nach.

»Papa!«

Der Vater drehte sich noch einmal um und sah seinem Kind in die Augen. Dann fiel die Tür hinter ihm ins Schloss.

***

»Scheiße!«

Mechanisch schlägt Nora mit den Handflächen gegen ihr Lenkrad. Den Schmerz in ihren Händen fühlt sie nicht. Stoisch wippt sie mit dem Oberkörper vor und zurück. Dieses Wippen hat sie sich im Heim angewöhnt, die meisten Kinder schaukeln sich dort so in den Schlaf. Nora sieht nach hinten, dorthin, wo sich hinter ihrem Auto in einer endlosen Schlange Auto an Auto reiht. Entschlossen zieht sie den Zündschlüssel aus dem Schloß und steigt aus. Der Fahrer aus dem Wagen hinter ihr hebt mit einem komplizenhaften Lächeln die Schultern – nach dem Motto: Was soll man machen. Es ist ein junger Mann. Nora erwidert sein Lächeln nicht. Sie beugt sich in ihr Auto und hebt die alte blonde Puppe, deren Wimpern klimpern, auf den Beifahrersitz, und aus dem Bauch der Puppe ertönt wieder das verstimmte »Mamaa«.

Nora bemerkt, dass auch der junge Mann aus dem Auto gestiegen ist und sie nicht aus den Augen lässt. Lässig lehnt er sich an seinen Opel Omega und scheint noch über einen geeigneten Spruch nachzudenken, mit dem er sich ihr nähern könnte. Nora lächelt, als sie im nächsten Moment die Autotür zuwirft und davon geht. Der junge Mann ruft: »He! Halt! Hiergeblieben! Wo wollen Sie denn hin? Das können Sie doch nicht machen!«

Nora dreht sich nicht um. Sie hat es eilig in das Gebäude der Justizvollzugsanstalt – zu ihrem Vater – zu kommen.

***

Wie die anderen Rechtsanwälte vor ihm hatte auch Lutz Thiele Nora kaum Hoffnungen gemacht, dass es ihr gelingen würde, Jürgen Herbst vor Abbüßung seiner lebenslänglichen Strafe aus dem Vollzug herauszubekommen. Doch Thiele hatte wenigstens versprochen, es mit allen Mitteln, die rechtlich zur Verfügung stünden, zu versuchen. Es gab nicht viele Möglichkeiten, eine lange zurückliegende, rechtskräftige Verurteilung anzufechten. Eigentlich war da nur Noras unerschütterliche Gewissheit über die Unschuld ihres Vaters. Und der Glaube an die eigene Schuld, daran, dass Jürgen Herbst nur wegen ihrer belastenden Aussage einsäße. Alles, was im Prozess vor zwölf Jahren gegen ihren Vater vorlag, waren nur Indizien gewesen. Und Noras unglückliche Aussage. Lutz Thiele hatte Nora lange zugehört. Sie hatte diesen Anwalt durch Zufall gefunden, an einem Tag, an dem sie ziellos durch die Straßen lief, verzweifelt darüber, dass sich niemand bereit fand, die Möglichkeit der Wiederaufnahme des Verfahrens wenigstens zu prüfen. In einer Einkaufspassage neben einem Drogeriemarkt hatte sie Thieles Namensschild entdeckt und sich spontan entschlossen, ohne Termin bei ihm vorzusprechen. Ein letzter Versuch. Was hatte sie zu verlieren? Heute, in wenigen Minuten, würde das Gericht nun über ein Gnadengesuch des Vaters entscheiden. Dass es überhaupt so weit gekommen war, verdankte Nora Anwalt Thiele. Sie war sich ganz sicher, dass ihr Vater heute frei kommen würde. Sie hatte einfach nicht zugelassen, auch nur einen Moment selbst daran zu zweifeln.

Lutz Thiele wartet vor dem Anhörungssaal, zu dem Nora die Stufen hinaufgeeilt kommt. In Gedanken wettet Nora mit sich selbst darüber, ob der Anwalt beiläufig auf die Uhr sehen würde, weil sie so spät dran ist, oder nicht. Dass er nicht auf die Uhr sieht, überrascht sie. Thiele ist ein angenehmer Mann, groß und schwer und gut zehn Jahre älter als sie. Zu jung, denkt Nora.

Der Anwalt schiebt seine Mandantin vor sich her in den Anhörungssaal. Der Raum wirkt nüchtern, eigentlich ist es nur die trostlose Leere, die an einen Saal erinnert. Durch einen zweiten Eingang wird Jürgen Herbst von einem JVA-Beamten hereingeführt. In seiner blauen Arbeitskleidung wirkt er müde. Nora lächelt ihrem Vater aufmunternd zu. Bald würde alles anders werden, da ist sie sich sicher. Der Richter zieht seine Robe zurecht, alle Beteiligten setzen sich. Nora sucht noch einmal Blickkontakt zu ihrem Vater, doch er sieht nicht in ihre Richtung. Freut er sich denn gar nicht? Erwartungsvoll drückt Nora mit dem Rücken gegen die Lehne ihres Stuhls. Als der Richter beginnt, eine ausführliche Erklärung zu verlesen, schweifen ihre Gedanken vor Aufregung ab. Sie sieht sich als Sechsjährige hinter ihrem Vater auf dem Beifahrersitz seines alten Motorrades sitzen. Damit sie während der Fahrt nicht herunterfällt, wickelt er ihren Oberkörper mit einem langen Band um den seinen. Dann startet er die Maschine und fährt vom Grundstück weg. Sie fahren die Dorfstraße in Wolfshagen entlang. Lachend winkt Nora Leuten in deren Gärten zu. Schönborns, Sobottas und Pösels, wie die Nachbarn alle heißen. Und die winken zurück.

***

Nora wippt mit dem Oberkörper auf dem Stuhl vor und zurück. Zur Beruhigung legt Thiele kurz seine Hand auf ihren Unterarm. Der Richter liest den entscheidenden Satz.

»Der Inhaftierte hat zu keinem Zeitpunkt seine Schuld anerkannt. Deswegen ergeht folgender Beschluss: Dem Gnadengesuch vom 16. 4. 2000 wird wegen besonderer Grausamkeit der Tat nicht stattgegeben. Jürgen Herbst verbleibt in Haft . . .«

Nora springt auf.

»Nein!«

Ihr Vater lässt sich gleichmütig abführen. Nora will ihn aufhalten, doch Thiele hindert sie daran. Jürgen Herbst dreht sich kurz um und sieht seiner Tochter in die Augen. Dann schließt sich die Tür hinter ihm.

***

Der Besuchsraum des Gefängnisses hat die Atmosphäre eines lieblos ausgestatteten Kirchenbasars. Drei Inhaftierte verkaufen Kaffee und Kuchen. Alle Tische sind besetzt. Kinder laufen herum und toben. Nur wenige Beamte sitzen auf entlang den Wänden verteilten Stühlen. Nora holt für sich und ihren Vater Kuchen, spürt die Blicke der Männer auf ihrem Körper. Jürgen Herbst umfasst seinen Kaffeebecher, als müsse er sich daran wärmen. Nora zerteilt ihren Kuchen in immer kleinere Stücke. Sie ist zu nervös, um Appetit zu haben. Ein weiterer Häftling wird in den Besuchsraum geführt. Freudig geht eine junge Frau auf diesen Mann zu. Sie trägt ein kleines Mädchen auf dem Arm. Das Kind beginnt zu schreien, als sein Vater, der fremde Onkel, ihm zur Begrüßung zu nahe kommt. Nora steckt einen Krümel Kuchen in den Mund, während sie ihren Vater ansieht.

»Tut mir Leid. Ich dachte wirklich, wir hätten dieses Mal eine Chance.«

Der Vater nickt wortlos und beginnt, seinen Kuchen zu essen.

Nora knetet Krümel zu Teigkugeln.

»Ich werde nach Wolfshagen fahren.«

Der Vater legt abrupt sein Stück Kuchen auf den Teller zurück.

»Ach, du großer Gott. Was willst du denn dort?«

Lächelnd holt Nora einen Brief aus ihrer Umhängetasche und schiebt diesen ihrem Vater zu. Der nimmt den Brief, besieht sich den Umschlag, der mit recht großen und unbeholfenen Buchstaben an Nora adressiert ist. Auf der Rückseite befindet sich kein Absender. Der Vater versucht, den Stempel auf der Briefmarke zu entziffern, doch auch dort befindet sich kein Hinweis auf die Herkunft des Briefes.

»Aus Wolfshagen . . .«, flüstert Nora viel sagend und beobachtet aufgeregt, wie ihr Vater überrascht und eilig den zusammengefalteten Zettel aus dem schon geöffneten Kuvert herausholt und auseinanderfaltet.

»DER MÖRDER DEINER MUTTER LEBT HIER!« steht in ausgeschnittenen und aufgeklebten Zeitungsbuchstaben auf dem Blatt. Einen Moment lang spürt Nora leichten Triumph, doch dann reagiert ihr Vater nicht so, wie sie es sich seit Tagen ausgemalt hatte. Jürgen Herbst faltet den Brief wieder zusammen, steckt ihn zurück in den Umschlag und schiebt ihn hinüber zu seiner Tochter.

»Na, dann weißt du spätestens jetzt, dass ich nicht derjenige bin, der deine Mutter umgebracht hat.«

»Das weiß ich schon, seit es passiert ist! Oder was glaubst du, weshalb ich diese ganzen Aktionen für dich unternommen habe, seit ich aus dem Heim raus bin?«

Der Vater nickt resigniert. Das leicht Abschätzige in seinem Blick macht Nora sofort aggressiv. Immerhin hatte sie doch alles für ihn versucht. Fast alles.

»Ich werde herausfinden, wer es war. Ich gehe nach Wolfshagen!«

Jürgen Herbst registriert, wie manche seiner »Kollegen« seine Tochter fixieren. Die ständige Geilheit ist es, die den meisten Männern im Knast am stärksten zu schaffen macht. Die sollen sich mit ihren Phantasien gefälligst an andere Weiber wenden, denkt Jürgen Herbst wütend und betrachtet seine Tochter. Er fühlt Stolz, weil sie so schön ist. Und Schmerz, weil sie das

Spiegelbild seiner Frau ist. Auch das Wesen hat Nora von Helga Herbst geerbt. Nur das dunkle Haar, das hat sie wohl von ihm. Und ihre Wutanfälligkeit.

»In Wolfshagen wird dir kein Mensch etwas erzählen.«

»Aber einer von denen hat doch den Brief geschrieben. Und derjenige, der hat garantiert das Bedürfnis zu reden. Nach dem werde ich zuerst suchen.«

Der Vater schiebt seinen Teller beiseite.

»Ich will nicht, dass du nach Wolfshagen fährst!«

Nora lehnt sich lächelnd zurück.

»Ich fahre dort nicht nur hin, ich ziehe für eine Weile in unser altes Haus!«

Jürgen Herbst greift über den Tisch und packt seine Tochter am Arm.

»Du gehst nicht nach Wolfshagen!«

Zwei Vollzugsbeamte erheben sich von ihren Stühlen.

Nora reißt sich aus dem Griff ihres Vaters los, nimmt ihre Tasche und geht.

»Dann halte mich doch zurück!«

Wütend haut Jürgen Herbst seinen Kuchenteller vom Tisch.

Nora dreht sich nicht noch einmal um. Vor den Augen der beiden Beamten geht Jürgen Herbst auf die Knie und sammelt die Kuchenstücke zurück auf den Teller.

***

Kurze Zeit, nachdem Nora in das Hochhaus eingezogen war, lief ihr ein Kater zu. Damals war sie spätabends aus der Kneipe, in der sie regelmäßig jobbt, nach Hause gekommen. Es war, als hätte der Kater sie vor dem Haus erwartet, um ihr dann wie selbstverständlich in die Wohnung zu folgen. Nora ließ geschehen, dass das Tier in ihr Einzimmerapartment einzog und war bald fest entschlossen, den Kater nie wieder herzugeben. Da nie jemand eine Vermisstenmeldung an die Hauswand gepinnt hatte, vermutete sie, dass der Kater wahrscheinlich ausgesetzt worden war, fett und gepflegt wie er aussah.

Seit einem halben Jahr wohnt Nora in diesem Hochhaus, bis heute bekam sie kaum einen ihrer Nachbarn zu Gesicht. Nur manchmal steigt ein nach Frittenöl stinkender Koch zu ihr in den Fahrstuhl, der ebenso spät vom Dienst in irgendeinem billigen Restaurant nach Hause kommt, wie sie selbst. In einer alten Plastiktüte transportiert der Mann die dreckige Kochuniform, die er später in den Waschsalon trägt, in dem auch Nora ihre Kleider wäscht. Sie hasst den Geruch von altem Öl und Rauch, der auch an ihr hängt, wenn sie aus der Kneipe kommt, doch nirgends kann man durch einen Nebenjob so viel Geld verdienen und dabei unabhängig bleiben, wie in der Gastro-Szene.

In einer Ecke ihres Apartments stapeln sich volle Kartons. Wohin mit dem alten Kram, der sich in all den Jahren im Heim reichlich ansammelte? Und wozu soll sie sich auch durch den Inhalt der Kartons an ein Leben erinnern, mit dem sie nichts zu tun haben will, weil es nie das ihre war? Auch dieses Apartment ist kein Zuhause für Nora, sondern nur eine Übergangslösung, bis sie ihren Vater aus dem Knast geholt hat. Erst wenn sie mit ihm ein gemeinsames Zuhause hat, würde ihr Leben wirklich beginnen.

Der schwarze Kater rekelt sich auf der Matratze, zwischen ein paar Sachen, die Nora für ihre bevorstehende Reise nach Wolfshagen bereitgelegt hat. Auf dem Tisch liegen verschiedene Zeitschriften, Schere, Kleber, ausgeschnittene Buchstaben und einige Entwürfe ihres selbst geklebten Briefes »DER MÖRDER DEINER MUTTER LEBT HIER!«

Nora kommt aus der winzigen Dusche, streichelt flüchtig ihren Kater und stopft das Papier in den Müll, bevor sie eines der zahlreichen Fotos von der Wand nimmt, auf denen sie als Kind gemeinsam mit ihrer Mutter und ihrem Vater zu sehen ist – und sehr glücklich aussieht. Das Porträt ihrer Mutter stellt sie auf die Ablage über dem Waschbecken. Einen Moment lang betrachtet sie sich im Spiegel, dann rafft sie ihre Frisur so zusammen, wie die Mutter sie meist trug. Ohne zu zögern schneidet Nora ihr Haar um einige Zentimeter kürzer und beginnt, eine Blondierung aufzutragen.

***

Über der stark befahrenen Straße steigt eine Wolke aus Abgasen auf, entstanden durch all die Autos, die zur Feierabendzeit aus der Stadt hinaus in die angrenzenden kleinen Gemeinden, in den so genannten Speckgürtel, bewegt werden.

Nora flucht über den stockenden Verkehr, der die Fahrzeit von mindestens zwei Stunden noch mehr in die Länge ziehen wird. Sie versteht nicht, weshalb sich so viele Menschen Tag für Tag scheinbar gleichmütig diesen Strapazen, zwischen ihren Arbeitsplätzen und Wohnungen zu pendeln, aussetzen. Der Kater hockt aufgeregt im Katzenkorb und krallt mit einer Pfote immer wieder nach Noras alter, blonder Puppe.

Nach einer Stunde Fahrt erstrecken sich links und rechts der Autobahn nur noch abgeerntete Felder. Am Horizont ziehen Gewitterwolken auf. Über der Stadt, die Nora hinter sich lässt, scheint noch die Sonne.

Amüsiert betrachtet Nora sich immer wieder im Rückspiegel. Dass sie durch das blondierte Haar ihrer Mutter so stark ähneln würde, hätte sie selbst kaum geglaubt. Nora gefällt sich. Erste Tropfen klatschen gegen die Frontscheibe ihres Autos. Minuten später bewältigt der Scheibenwischer kaum noch den starken Regen. Beinahe übersieht Nora die Abfahrt nach Wolfshagen. Alle paar hundert Meter kleben aufgeweichte Plakate mit dem Hinweis auf ein bevorstehendes Dorffest. Ein Transparent ist quer über die Straße gespannt. Es ist, als wäre es plötzlich Nacht geworden, und Nora schaltet die Scheinwerfer an. Dunkel liegt nun der Wald zu beiden Seiten der Straße. Dies ist der Ort, an dem ihre Mutter Helga Herbst überfahren wurde. Später stellte sich heraus, dass sie bereits tot war, als sie von dem von betrunkenen Jugendlichen gefahrenen Auto überrollt wurde. Wie um sich Mut zu machen, fasst Nora immer wieder neckend nach der Pfote ihres Katers.

»Huhuuu. In Wolfshagen warten schon die Wölfe auf uns . . .Da musst du aber gut auf mich aufpassen.«

Der Kater schlägt mit seinen Krallen nach Noras Hand.

In Wolfshagen liegen entlang der Straße nur wenige Häuser. Gleich am Anfang des Dorfes befindet sich das größte Haus, das der Schönborns. Auch deren Pferdestall existiert noch. In unmittelbarer Nachbarschaft liegen die Häuser der Liebenthals und Pösels – alle mit sehr gepflegten Vorgärten. In den Wohnzimmern brennt Licht. Nora spürt Aufgeregtheit, denn plötzlich ist all das, was ihrer Erinnerung entrückt schien, wieder sehr nah, fast greifbar. Auf der anderen Straßenseite liegt im Dunkeln ihr eigenes Elternhaus. Nora zögert lange, auszusteigen. Es hat sich eingeregnet, der Scheibenwischer arbeitet gleichmäßig, sein Geräusch hat etwas Beruhigendes für Nora. Sie betrachtet ihr Haus. Als sie endlich aussteigt, regnet es kaum noch. Am Horizont scheint die Sonne für einen Augenblick rot zwischen zwei schwarzen Wolken hindurch, bevor sie für diesen Tag endgültig untergeht.

Nora ist überrascht, wie kalt und windig es geworden ist. Sie nimmt ihren Kater fest in den Arm und geht auf das Haus zu. Die Verriegelung der hölzernen Gartenpforte klemmt. Nora steigt über den morsch gewordenen Jägerzaun. Im verwahrlosten Vorgarten liegt umgefallen ein verrottetes Schild, auf dem »Zu verkaufen«

steht. Das Tor des verwaisten Hundezwingers ist offen und schlägt in gleichmäßigen Abständen gegen den Pfosten. Über der Eingangstür des Hauses, das Nora jetzt viel kleiner vorkommt, als vor zwölf Jahren, hängt ein verwittertes Hirschgeweih – der ehemalige Stolz ihres Vaters. Das kleine Klofenster neben der Tür ist eingeworfen worden. Jemand hat »MÖRDER« an die Hauswand gepinselt. Auf den Stufen zum Haus sieht Nora sich noch einmal zum Dorf um und bemerkt, dass auf dem Nachbargrundstück jemand am Zaun steht und sie beobachtet. Überrascht hebt sie die Hand zum Gruß und geht auf den fremden Mann zu.

»Guten Tag, ich bin Nora Herbst. Das Haus, das Haus gehört mir. Meinen Eltern besser gesagt. Es gehört uns.«

Der Mann nickt grinsend, während er ihr aufs nass werdende T-Shirt sieht.

»Feske, Fred Feske. Ich bin hier der Förster.«

»Ach so. Das war mein Vater hier auch mal.«

Feske greift über den Zaun, um den Kater in ihrem Arm zu streicheln, dabei berührt er wie beiläufig ihren Oberkörper.

Nora dreht sich weg und eilt auf ihr Haus zu.

Im Flur riecht es modrig. Das Licht funktioniert nicht. Als Nora langsam in Richtung Küche geht, gibt der Holzfußboden unter ihren Füßen nach, ein Brett zerbricht. Eine Kommode steht noch am gewohnten Platz. Am Garderobenhaken hängen zwei alte grüne Jacken des Vaters. In der Küche stinkt es. Die Wand am Fenster ist schwarz von Feuchtigkeit, weil es durch die Decke regnet. Eine Ratte verschwindet unter durchgefaulten Fußbodenbrettern. Der Kater in Noras Arm krallt sich an ihrem T-Shirt fest. Nora öffnet den Wasserhahn, kein Tropfen kommt heraus. Der Blick aus dem Fenster in den dunklen, verwilderten Garten lässt in ihr einen

Moment lang ein starkes Gefühl von Einsamkeit aufkommen. Nora weiß nicht mehr recht, was sie eigentlich an diesem Ort sucht und findet die Idee absurd, in diesem Haus wohnen zu wollen.

Als sie sich umdreht, steht ein Mann in der Tür. In der Hand hält er eine Flinte, es ist unklar, wie lange er dort schon so steht. Der Kater springt aus Noras Arm und verkriecht sich. Der Schreck nimmt ihr für ein paar Sekunden den Atem. Erleichtert erkennt Nora, dass es sich bei dem Mann in der Tür um den Nachbarn Klaus Schönborn handelt. Manche Menschen verändern sich innerhalb von zwölf Jahren so sehr, dass man sie nicht wieder erkennt. Andere dagegen sehen aus, als wäre inzwischen nur ein Jahr vergangen. Noras Vater zum Beispiel hat der Knast alt und müde werden lassen. An dem Tag, an dem seine Frau ermordet wurde, in der Stunde, in der er es erfuhr, war sein schwarzes Haar grau geworden. Damals war er neununddreißig Jahre alt gewesen. Klaus Schönborn dagegen hatte sich in all den Jahren kaum verändert, vielleicht wog er inzwischen ein paar Kilogramm mehr, doch seine Ausstrahlung ist die eines großen Jungen geblieben. Er wirkt wie jemand, der sich mit Erfolg weigerte, erwachsen zu werden. War Noras Vater jemals tatsächlich jugendlich gewesen? Oder war es nicht vielmehr die Art des Lebens, für die man sich entschieden hatte, – der Entschluss Verantwortung zu übernehmen oder eben auch nicht –, die einem eine nach außen beschwerte oder unbeschwerte Ausstrahlung verlieh?

Klaus Schönborn kommt einen Schritt auf Nora zu.

»Die kleine Nora . . . Das ist ja eine Überraschung!«

»Herr Schönborn?«

»Genau. Das ist ja nicht zu glauben. Du siehst deiner Mutter unheimlich ähnlich. Lass dich mal ansehen!«

Der Mann kommt Nora sehr nah. Es ist ihr unangenehm, doch sie weicht nicht aus.

»Jetzt sagen Sie ja nicht: ›Mein Gott, bist du groß geworden!‹«

»Nicht nur das. Du bist auch wunderschön geworden. So schön wie . . .«

»Wen haben wir denn da?«

Schönborn fährt erschrocken herum. In der Tür steht seine Frau.

»Irene! Irene, schau mal, wen wir hier haben: Unsere kleine Nora! Nora, du kennst doch noch meine Frau?«

Lächelnd geht Nora auf Irene Schönborn zu. Brav gibt sie die Hand und ertappt sich dabei, dass sie beinahe einen Knicks macht, so, wie man es ihr als Kind beigebracht hatte. Sie bekommt sofort ein schlechtes Gewissen, als Frau Schönborn sagt:

»Kind, also weißt du, wir haben in all den Jahren so oft an dich gedacht. Du hättest dich doch mal bei uns melden können. Die ganze Zeit. Und jetzt kreuzt du hier einfach so auf. Was machst du denn hier? Am besten ist, du kommst erst einmal mit zu uns rüber. Hier ist es doch viel zu ungemütlich.«

Klaus Schönborn greift den Kater im Nacken und drückt ihn Nora in den Arm. Irene Schönborn umfasst Nora und schiebt sie mit sanftem Druck aus der Küche.

»Und dann erzählen wir erst einmal.«

***

Obwohl Frau Schönborn die erst halb leeren Gläser immer wieder voll gegossen hatte, war es Nora gelungen, an diesem Abend bei der Version ihrer Geschichte zu bleiben, dass sie nur nach Wolfshagen gekommen war, um ihr Elternhaus ein wenig herzurichten, damit sie es dann endlich mit Erfolg zum Verkauf anbieten konnte. Sofort hatten Schönborns ihre Hilfe angeboten, auch dass Nora vorläufig bei ihnen übernachten könne. Im Gegensatz zu seiner Frau hatte Klaus Schönborn während des Essens kaum geredet. Nora hatte ihn manchmal angesehen, und es war ihr vorgekommen, als würde er ihr heimlich zulächeln. Sein Schweigen hatte seine Frau dazu verleitet, selbst immer redseliger zu werden. Irene wirkte wesentlich älter als ihr Mann. Ihr Haar war blondiert, am Ansatz schimmerten grau gewordene Strähnen hindurch. Ihr Gesichtsausdruck verriet Aufgeregtheit, so, als wäre sie in ihrem Leben schon zu oft und zu viel in Sorge geraten. In Sorge um wen? Kinder hatten sie und ihr Mann nie bekommen. Der Hof mit den Zuchtpferden, den Irene von ihrem Vater geerbt hatte, ließ das Ehepaar finanziell abgesichert leben und hatte es zu den wohlhabendsten Leuten in Wolfshagen gemacht. Irene Schönborn hatte etwas Verlebtes im Gesicht. Nora wünschte sich, daß sie selbst niemals einen solchen gewöhnlich wirkenden Ausdruck bekommen würde.

Nora ziert sich nicht lange, um die Einladung in Schönborns Haus zu übernachten, anzunehmen. Es war bestimmt angenehmer, erst bei Tageslicht in ihr modriges Elternhaus zurückzukehren. Aus ihrer Reisetasche sucht sie ein Schlafshirt hervor. Irene bezieht das Gästebett.

»Kind, denk bitte nicht, dass ich dir die Hoffnung nehmen will, aber auch wenn du das Haus aufputzt, glaube ich nicht, dass es sich dann besser verkaufen lässt. Zu uns nach Wolfshagen will doch heutzutage kein Mensch mehr ziehen. Und ich sage es ja nicht gern, aber euer Haus ist und bleibt nun mal das ›Mörderhaus‹. In so etwas will natürlich schon gar niemand gern wohnen.«

»Eines Tages wird es schon klappen. Und ab morgen wohne *ich* ja nun erst einmal darin.«

»Und es macht dir gar nichts aus? Jeden Tag daran erinnert zu werden. An die schreckliche Tat deines Vaters.«

Nora möchte schreien: »Nein! Er war es nicht! Verdammt noch mal, er war es nicht!«

Doch sie zuckt nur mit den Achseln und erwidert schweigend Irenes Blick. Diese schlägt mit der Handkante eine Falte in die Mitte des riesigen, frisch bezogenen Kopfkissens.

»Na ja, meinen Segen hast du.«

Jemand klopft an die Tür zum Gästezimmer, und ohne die Reaktion der Frauen abzuwarten, tritt Klaus Schönborn in den Raum.

»Ich hoffe, ich störe die Damen nicht.«

Irene schiebt ihren Mann zur Tür hinaus.

»Doch, du störst.«

Frau Schönborn dreht sich noch einmal zu Nora um.

»Nun schlafe dich erst einmal richtig aus. Über alles andere reden wir dann morgen weiter. Und du weißt ja: Was man in der ersten Nacht in einem fremden Bett träumt, das geht in Erfüllung. Gute Nacht.«

***

Im Schlafzimmerschrank sucht Irene nach dem verführerischen Negligée, das sie schon viel zu lange nicht mehr getragen hat. Im Bett schmiegt sie sich an ihren Mann.

»So richtig habe ich ja immer noch nicht verstanden, was die Nora hier will.«

»Die will den alten Kasten verjubeln. Ist doch vernünftig.«

»Ach, den kauft doch sowieso keiner.«

»Lass sie es doch versuchen. Ist doch ihre Sache.«

Irenes Mund ist nah dem Hals ihres Mannes.

»Gib es zu: Nora gefällt dir.«

»So ein Quatsch, die könnte doch meine Tochter sein.«

Irene beißt ihrem Mann ins Ohrläppchen.

»Los, gib zu, dass sie dir gefällt.«

Klaus erwidert die Zärtlichkeiten seiner Frau.

»Du weißt doch, für mich gibt es nur dich.«

***

Beim Frühstück wirkt Irene entspannt, fast fröhlich. Nora dagegen schlägt der starke, schwarze Kaffee auf den Magen, sie mag kaum etwas zu sich nehmen vom reichlich gedeckten Tisch. Auf dem Stuhl neben dem ihren, dem Platz, an dem gestern Abend Klaus Schönborn gesessen hatte, liegt zusammengerollt der Kater. Als Irene sich gemütlich eine Zigarette anzündet, spürt Nora Übelkeit in sich aufsteigen. Und die Erinnerung daran, dass sie selbst zu viele Zigaretten zum halbtrockenen Wein geraucht hatte. Obwohl Nora Nichtraucherin ist, passiert ihr dies gelegentlich – immer in Verbindung mit Alkohol. Die Euphorie über ihr Vorhaben, das sie nach Wolfshagen trieb, die sie noch gestern im Wohnzimmer der Schönborns verspürt hatte, ist jetzt, nach einer fast schlaflosen Nacht, verflogen. Alkohol und Nikotin haben Noras Herz rasen und ihre Gedanken nicht ruhen lassen. Erst gegen Morgen war sie endlich eingeschlafen und hatte davon geträumt, mit ihrem Auto die Landstraße nach Wolfshagen entlangzufahren. Ihr Kater schlief neben ihr auf dem Beifahrersitz. In diesem Traum krachte plötzlich etwas gegen den Kotflügel. Bei der Vollbremsung kam Nora mit dem Auto von der Straße ab. Lange zögerte sie, bevor sie ausstieg und ging langsam auf das Tier zu, das auf der Straße lag. Sie erkannte, dass es ihre eigene Katze war, die sie angefahren hatte. Verzweifelt hockte Nora sich hin und berührt das noch lebende Tier. Als sie sich hilflos umsah, stand Klaus

Schönborn plötzlich hinter ihr. Nora war nicht überrascht und richtete sich auf. Schönborn strich ihr über das lange, blonde Haar – so, wie ihr Vater es im Gefängnis mit Noras Puppe getan hatte.

Nora nimmt den letzten Schluck aus ihrer Kaffeetasse.

»Ich bringe Ihnen nachher neue Zigaretten, weil ich Ihnen gestern alle weggeraucht habe.«

Irene steckt sich eine weitere Marlboro an.

»Ach Unsinn, wenn ich von allem soviel hätte wie von Zigaretten . . .Du bist doch unser Gast.«

»Gibt es denn den kleinen Laden noch, in dem ich mir früher immer eine Wundertüte aussuchen durfte? Diese Dinger, in denen nur Mist war, aber jedesmal hatte man die Hoffnung, mit etwas ganz Tollem überrascht zu werden.«

Irene nickt lächelnd.

»Klar gibt es den Laden noch. Aber Wundertüten wirst du dort wohl keine finden. Wir haben doch keine Kinder mehr im Dorf. Die Leute werden nicht schlecht gucken, wenn du im Laden aufkreuzt.«

»Und der neue Förster, wie ist der so?«

»Unser Fredi. Ach, der ist in Ordnung. Wir brauchten ja einen neuen, nachdem . . ., nach der Sache damals.«

»Wahrscheinlich ist euer Fredi längst im Dorf herumspaziert und hat erzählt, dass ich hier bin, dass ich wieder hier bin. Wahrscheinlich zerreißen sich schon alle die Mäuler.«

»Darauf würde ich nichts geben. Wie heißt eigentlich deine Katze?«

»Kater.«

»Ach so. Und wie heißt dein Kater?«

Nora lächelt.

»Kater.«

Irene drückt ihre Zigarette im Kristallaschenbecher

aus und beginnt, das Frühstücksgeschirr auf ein Tablett zu räumen.

»Wenn du willst, kannst du ihn bei mir lassen, deinen Kater, die paar Tage, die du hier bleibst. Bei uns in Wolfshagen.«

Nora steht auf und verschließt Konfitüregläser.

»Das ist nett, aber das Biest kommt mit rüber und kann sich ruhig schon mal an sein neues Zuhause gewöhnen.«

»Wenn du meinst. Mäuse wird er ja genug finden. Und Ratten auch.«

***

Als sie an diesem Morgen hinaustritt, liegt über der Dorfstraße kühle, feuchte Luft, wie Nora sie in der Stadt noch nie empfunden hat. Links und rechts sind die Grundstücke mit grün-braunen Jägerzäunen gesäumt. In den Hohlräumen zwischen den Holzverstrebungen haben Spinnen Netze gewebt, in denen sich Tautropfen verfangen. Es ist Altweibersommer. Nora atmet tief ein, bevor sie die ersten Schritte auf dem leeren Gehweg in Richtung Dorfladen macht. Zuerst kommt sie an Liebenthals Haus vorbei. Am Vorbau hängt ein mit Baumrinde umrandetes Holzbrett, in das mit einem Lötkolben »Arne Liebenthal – Jagdbedarf« eingraviert ist. Stilisierte Eicheln und Jagdhörner zieren die Schrift. Die etwa neunzigjährige Erna Liebenthal sitzt auf einer Bank vor dem Haus und schält Äpfel. Lange Schalen fallen auf das Zeitungspapier, das sie untergelegt hat. Inge Liebenthal steht neben ihrer Mutter und erstarrt förmlich, als sie Nora erblickt. Erna dagegen hebt die zitternde Hand, winkt und ruft mit brüchiger Stimme: »Helga!«

Eilig drückt Inge Liebenthal die Hand ihrer Mutter nach unten. Doch Erna ruft noch einmal: »Helga!«

»Nun lass doch mal sein, Modder!«, befiehlt Inge aufgeregt.

Im Vorbeigehen winkt Nora lächelnd zurück.

Am folgenden Grundstück springt plötzlich ein Schäferhund am Zaun hoch und bellt so bedrohlich, als wolle er Nora anfallen. Nora weicht zurück. Die Hunde der anderen Gehöfte fallen in das Gebell ein. Nora dreht sich nicht um und geht demonstrativ mitten auf der Straße weiter.

Der Edeka am Ende des Dorfes führt die wichtigsten Dinge des täglichen Bedarfs. Doris Pösel hat einen Anbau ihres Einfamilienhauses zu diesem Laden umfunktioniert. Im weißen Kittel sitzt sie an der Kasse und bongt gerade die Preise eines Korbes voller »Du darfst-Artikel« ein. Auf dem Boden kniet ein dreijähriger Junge zu Füßen von Priska Feske und kaut ein trockenes Brötchen. Er sieht seiner Mutter sehr ähnlich. Eine weitere Kundin, Gabi Sobotta, steht mit noch leerem Korb daneben, raucht und grinst zu Arne Liebenthal hinüber, der ganz in Grün gekleidet am Zeitungsregal in Zeitschriften blättert. Am Gürtel trägt er ein Jagdmesser. Gabi Sobotta geht auf den jungen Mann zu, greift aus dem Regal die Zeitschrift »Praline« und drückt sie Arne in die Hand.

»Nun nimm schon, wonach du suchst. Dir kommt es ja schon aus den Ohren . . .«

Die Frauen lachen. Gabi beginnt zu husten, einen rasselnden, schleimigen Husten. Beim Anblick der drallen, nackten Frau auf dem Titelbild der »Praline« errötet Arne so stark, wie nur ein rothaariger Mensch erröten kann und legt die Zeitschrift abrupt ins Regal zurück.

»Haha . . .Sehr lustig.«

Nervös dreht er mit den Fingern an seinem Oberlippenbart.

Durchs Fenster sieht er Nora direkt auf den Laden zukommen.

Doris Pösel läßt die Kasse aufspringen.

»Siebenunddreißig vierundzwanzig.«

Priska sammelt Geld aus ihrem Portemonnaie.

»Mann, ist das schweineteuer, dieses Zeug, von dem

man sowieso nicht satt wird. So viel Geld. Und am Ende wird mir wieder schwindlig davon, weil ich nichts Anständiges in den Magen bekommen habe.«

Gabi nimmt mehrere Schachteln Zigaretten aus der Ablage an der Kasse.

»Was kaufst du denn auch solchen Schietkram!«

Priska zieht die Schultern hoch.

»Mein Fred hat gesagt, dass er so lange nicht mit uns in den Urlaub fährt, bis ich mindestens zwanzig Kilo abgenommen habe. Ich würde doch so gern mal ans Meer fahren. Was weiß ich denn, warum ich nicht abnehme. Seit ich den Kleinen habe, nehme ich einfach nicht mehr ab.«

Gabi und Priska sehen zu dem kleinen, dicken, auf dem Fußboden sitzenden Jungen. Doris Pösel kommt hinter ihrer Kasse hervor. Sie ist sehr schlank und trägt eine blonde Hochfrisur zum sorgfältig geschminkten Gesicht.

»Ach komm, Priska, so eine richtige Bikinifigur hattest du doch noch nie. Aber warte mal, ich habe da was für dich.«

Doris nimmt eine »Freundin« aus dem Regal und blättert darin.

»Irgendwo war gerade mal wieder was Gutes drin – übers Abnehmen. Mit ein bisschen Willen bekommst auch du das in den Griff, das Problem. Oder, Arne, was sagst du dazu? Wir haben Probleme, wir Frauen, was?«

Arne nickt, als Nora mit einem »Guten Morgen allerseits!« den Laden betritt und voller Erwartung lächelnd in die Runde sieht.

Gabi Sobotta und Doris Pösel wirken einen Moment lang wie gelähmt, da sie glauben, Helga Herbst stehe vor ihnen. Und Priska Feske fühlt sich beim Anblick Noras, dieser schönen schlanken, unbekannten Frau, als hätte ihr jemand in die Magengrube geschlagen. Arne blättert nervös in einer Computerzeitschrift und kann dabei den Blick nicht von Nora abwenden. Überrascht registriert er, dass Noras Erscheinen scheinbar nicht nur ihn erregt. Es kommt ihm vor, als sei die Totenstarre, die er in Wolfshagen sonst zu spüren glaubt, für einen Moment gewichen.

»Mach den Mund zu!«, ermahnt seine Mutter ihn zu Hause immer.

Eilig schließt Arne die Lippen. Nora nimmt einen Einkaufskorb und packt ein paar Putzmittel und Konserven hinein. Lächelnd geht sie auf die Frauen an der Kasse zu und streckt Frau Pösel die Hand entgegen.

»Guten Morgen. Kennen Sie mich denn nicht mehr?«

Doris nimmt zaghaft Noras Hand.

»Doch, doch. Nora. Mensch, Kind, das ist aber schön, dass du mal bei uns vorbeischaust. Ich habe so oft an dich gedacht – die letzten Jahre. Stimmt's, Gabi, gerade neulich habe ich noch zu dir gesagt, dass es eigentlich schön wäre, wenn wir wüssten, was aus der kleinen Nora geworden ist. Und dass es auch schön wäre, wenn sie uns mal besuchen käme. Einfach mal so. Ich meine, wir haben dir doch nichts getan, oder? Frau Sobotta kennst du doch auch noch?«

Nora reicht Gabi Sobotta die Hand.

»Und das ist Priska Feske, die wirst du allerdings nicht kennen«, stellt Doris Pösel die junge, dicke Frau mit dem Kind vor.

Priska bückt sich und nimmt ihren Sohn auf den Arm.

»Ich bin die Frau vom Förster.«

Nora streicht dem Jungen kurz über die Wange.

»Förstersfrau, das war meine Mutter auch mal.«

Die Frauen schweigen. Doris Pösel beginnt damit, die Preise der Waren aus Noras Korb einzubongen. Nora legt zwei Schachteln Marlboro aus der Ablage an der Kasse dazu.

»Haben Sie eigentlich auch Katzenstreu?«

Frau Sobotta steckt sich eine Zigarette zwischen die Lippen.

»Ne, so was gibt es bei uns nicht. Das musst du kaufen, wo du herkommst.«

Nora reicht Frau Pösel einen Hundertmarkschein, diese gibt schnell das Restgeld heraus. Beim Hinausgehen lächelt Nora Arne zu.

Während sie sich vom Geschäft entfernt, zählt sie ihre Schritte. Bei zwanzig bleibt sie stehen und dreht sich um. Wie sie vermutet, stehen die drei Frauen hinter dem kleinen, vergitterten Ladenfenster und glotzen ihr nach. Nora lacht sie an. Ertappt ziehen die Frauen die Köpfe zurück. Mitten auf der Straße geht Nora davon. Dass auch Arne den Laden verlässt und ihr auf dem Gehweg in die gleiche Richtung folgt, bemerkt sie nicht.

***

Auf Schönborns Koppel hält eine junge, sehr geschmackvoll gekleidete Frau ihre aufgeregte Stute am Zaumzeug. Klaus Schönborn führt seinen Deckhengst herbei, als Nora das Grundstück betritt. Die Pferde knabbern sich nur einen Moment lang gegenseitig an den Hälsen, bevor der Hengst die Stute besteigt. Schönborn und die Frau halten die Tiere während des Deckens fest. Nora empfindet Ekel und Faszination zugleich. Trotzig versucht sie, dem herausfordernden Blick Schönborns standzuhalten. Als die Pferde kurze Zeit später voneinander lassen, steckt die Besitzerin der Stute Klaus Schönborn fünfhundert Mark zu und verabschiedet sich, so nüchtern, als wäre es soeben nur um ein beiläufiges Geschäft gegangen. Schönborn lässt seinen Hengst frei auf der Koppel laufen und kommt auf Nora zu.

»Und? Womit kann ich dir dienen?«

»Ich bin nur gekommen, um zu fragen, ob Sie jemanden kennen, der mir helfen könnte, das Dach von meinem Haus auszubessern. Alles andere, Gas und Wasser, haben wir schon geregelt, Ihre Frau und ich.«

»In Tangendorf gibt es einen Dachdecker. Kruse. Die Nummer hätte dir Irene auch gleich raussuchen können.«

Nora beobachtet den Hengst, der nach ein paar kurzen, fast fröhlich wirkenden Sprüngen immer wieder unvermittelt stehen bleibt und seine Mähne schüttelt.

»Ich habe gedacht, zu richtigen Männersachen frage ich lieber Sie.«

»Vielleicht sollte ich mir es mal genauer ansehen, das Dach. Vielleicht kannst du ja sogar auf Kruse verzichten, weil wir das allein hinbekommen.«

»Das wäre toll! Ich meine, bevor es noch weiter reinregnet.«

Nora sieht Schönborn an.

»Sie sind schön, Ihre Pferde.«

»Das dort ist Aramis. Der beste Deckhengst weit und breit. In dieser Gegend ist mit Reitstunden allein nicht genug Geld zu machen. Nur Decken bringt etwas. Dir würde ich es gern beibringen. Das Reiten, meine ich.«

Nora hält Schönborns Blick stand.

»So wie Sie es meiner Mutter beigebracht haben?«

»Genau so . . .«

Als könnte er in seinem Rücken spüren, dass Nora und er von Irene beobachtet werden, dreht Klaus sich um und sieht seine Frau hinter der Gardine des Schlafzimmerfensters stehen. Er lässt Nora allein zurück und geht auf Aramis zu.

»Wir sehen uns.«

Unentschlossen verharrt Nora noch einen Moment, dreht sich dann um und geht den ihr jetzt lang vorkommenden Weg von der Koppel zurück zur Straße. Bei jedem Schritt gibt der Boden unter ihren Füßen nach.

Es riecht nach Herbst. Ein Geruch, den Nora das letzte Mal wahrnahm, als sie noch Kind war, als es ihr erlaubt war, allein bis zum Einbruch der Dunkelheit über die Wolfshagener Wiesen und Weiden zu laufen. Bis zum heutigen Tag hatte sie dieses Gefühl unter den Füßen und den Geruch nach Herbst vergessen. Fast vergessen. Ein paar Schritte weiter kommt ihr der Gedanke an Morast. An Moor, das einen nach unten zieht, nicht mehr hergibt, und aus dem man sich selbst nicht befreien kann. Um sich abzulenken, ruft Nora sich ein

Spiel in den Sinn: Wenn sie sich im nächsten Augenblick umdrehen und Klaus Schönborn dabei ertappen würde, dass er dasteht und ihr nachsieht, dann ...

Nora dreht sich nicht um.

Je mehr sie sich ihrem Elternhaus nähert, desto langsamer wird ihr Schritt. Nora ruft sich ins Bewusstsein, aus welchem Grund sie zurück nach Wolfshagen gekommen ist. Sie verriegelt die Tür des verwaisten Hundezwingers.

Als sie als Siebenjährige ins Heim kam, trauerte sie ihrem kleinen Rauhaardackel nach, den sie zurücklassen musste. Dass ihr zur gleichen Zeit Mutter und Vater genommen worden waren, war so unvorstellbar, dass Nora es erst viel später begriff. Mutter und Vater kamen immer wieder, so hatten die Eltern es ihr versprochen. Und Eltern logen nicht. Also fragte sie im Heim die Erzieherinnen nur hartnäckig nach dem Verbleib ihres kleinen Hundes. Ein Forstkollege des Vaters hatte den Dackel damals bei sich aufgenommen, inzwischen war das Tier vermutlich tot.

Nora geht durch den Flur ihres Elternhauses. Das inzwischen wieder funktionierende Licht zeigt erbarmungslos auf, wie lange die Räume verlassen waren, wie lange Nora schon kein Zuhause mehr hat.

Die Tür zur Küche steht einen Spalt weit offen. Nora zögert einen Moment lang weiterzugehen. Sie sieht sich als Siebenjährige im Nachthemd an dieser Tür stehen und unbemerkt die Eltern in der Küche beobachten. Vater und Mutter redeten über Dinge, die Nora nicht genau verstand. Sie stritten. Übers Lügen und Betrügen, von dem das Mädchen jedoch wusste, dass man es nicht tun durfte. Plötzlich sprang der Vater von seinem Stuhl am Tisch auf und griff der Mutter an den Hals. Er tat ihr weh. Erschrocken hielt sich Nora die Augen zu, einen

Moment später lugte sie durch ihre Finger hindurch. Der Vater drohte: »Wenn du das tust! Ich bringe dich um!« Die Mutter wehrte sich verzweifelt gegen den Griff des Vaters, zerrte an dessen Händen, riss im Kampf die Gardinen herunter. Als Jürgen Herbst einen Moment inne hielt, weil er seine Tochter an der Tür bemerkt hatte, stieß die Mutter ihn weg und lief aus dem Haus. Vorbei an Nora, ohne diese wahrgenommen zu haben. Der Vater blieb zurück, hielt die Hände von sich gestreckt und betrachtete diese, als würden sie ihm nicht gehören. Langsam ging er auf sein Kind zu, drückte es an sich, als würde er es bald verlieren. Nora tat diese Umarmung weh. Doch sie sagte nichts.

***

Hastig stößt Nora die Tür zur Küche auf , reißt die alten, stockigen Übergardinen herunter und wirft sie aus dem Fenster. Einen Moment lang sieht sie sich unschlüssig um, dann greift sie wahllos nach Hausrat und wirft auch diesen aus dem Haus.

Fred Feske und Horst Pösel sitzen im Nachbargarten in der Hollywoodschaukel und trinken Kaffee. Priska gießt noch einmal die Tassen voll. Ihr kleiner Sohn hockt in einem Kieshaufen und schlägt mit einer Schaufel auf den Sandkuchen ein, den er soeben gebacken hat. Fred und Horst halten mit dem Kauen inne, als sie sehen, was auf dem Grundstück des »Mörderhauses« vor sich geht. Immer mehr alter Krempel fliegt aus dem Fenster und bleibt im verwahrlosten Garten liegen. Priska guckt auf die noch volle Kuchenplatte.

»Möchte noch jemand ein Stück?«

Die Männer verneinen. Vom schmierigen Teller ihres Sohnes nimmt sich Priska einen übrig gebliebenen Berliner und beißt davon ab. Zwei träge Wespen fliegen um den Teller und setzen sich auf die Marmelade, die aus dem angebissenen Berliner auf den Tisch kleckert. Mit vollem Mund und Blick auf Noras Fenster sagt Priska:

»So werden wir nie schönstes Dorf im Gemeindewettbewerb!«

Fred mustert kurz seine Frau.

»Friss bloß nicht soviel!«

Im Schlafzimmer hat Nora inzwischen die Kleiderschranktüren aufgerissen. Ein paar einzelne, modrig riechende Sachen ihrer Eltern hängen noch darin. Mitsamt Bügeln schmeißt Nora sie aus dem Fenster. Plötzlich fällt ihr Blick auf ein Kleid ihrer Mutter. Nora mustert es eine Weile. Dann hält sie es sich vor den Körper und freut sich, dass es ihr passen könnte.

***

Am späten Nachmittag ist die Flasche Jägermeister auf Feskes Gartentisch fast leer getrunken. Im gleichmäßigen Rhythmus wippen die Männer in der Hollywoodschaukel und beobachten Nora. Nachdem sie das Kleid der Mutter gewaschen und draußen auf eine Leine zum Trocknen gehängt hat, zieht sie aus dem Schuppen am Haus einen alten Liegestuhl hervor. Der rot-weiß gestreifte Stoff der Sitzfläche ist voller Stockflecken. Nora versucht, den Liegestuhl aufzubauen. Feske und Pösel beobachten amüsiert, wie ihr dies nicht gelingt. Dass sie diesen verdammten Liegestuhl nicht richtig hinstellen kann, macht Nora wütend. Ihr Bikini verrutscht. Automatisch zieht sie das Höschen wieder über den Steiß, wo sie ein Mal hat. Eine etwa fünfmarkstückgroße Fläche Fell, die angeblich nur vererbt werden kann. Doch ihr Vater hat kein solches Mal. Und ihre Mutter auch nicht. Es gibt auch Leute, die behaupten, dass Kinder so etwas bekommen würden, wenn die Mutter während der Schwangerschaft von einem Hund gebissen worden ist. Eine Erklärung, die für ein Dorf wie dieses wahrscheinlich ist. Nora hatte nie ernsthaft überlegt, sich dieses Fell operativ entfernen zu lassen, inzwischen empfindet sie es sogar als etwas Einzigartiges, beweist es doch, dass der Mensch dem Tier näher ist, als er glauben möchte. Es soll Leute geben, die mit sechs Brustwarzen geboren werden, hatte ein Arzt ihr einmal erzählt.

Priska kommt an den Tisch »ihrer« Männer und beginnt damit, das Kaffeegeschirr abzuräumen. Dabei achtet sie darauf, die beiden nicht dadurch wütend zu machen, indem sie ihnen die freie Sicht zu Nora verstellt. Fred gießt sich und Horst die Schnapsgläser voll.

»Mann, Alter, guck dir die da drüben an. So wie die hat eine Frau auszusehen.«

Horst nickt vor sich hin.

»Genau so. Die Mutter von der war auch so ein heißer Feger. Da hast du was verpasst, das sag ich dir!«

Fred sieht seine Frau an.

»Auf so eine mag man auch mal dann drüber steigen, wenn man nicht total besoffen ist . . .«

Priska eilt ins Haus. Unterwegs stopft sie sich den Mund mit Kuchen voll.

Eine Sekunde lang glaubt Nora, es sei ihr gelungen, den Liegestuhl aufzubauen, doch dann fällt das Ding wieder zusammen. Nora klemmt sich die Finger ein. Klaus Schönborn hat die Szenerie einen Moment lang vom Zaun aus beobachtet und kommt lächelnd aufs Grundstück. Mit einem Handgriff baut Schönborn den Stuhl auf. Nora knetet sich die schmerzenden Finger.

»Danke.«

Schönborns Blick macht sie unsicher. Sie legt sich in den Liegestuhl. Im Garten verteilt liegen die alten Gardinen und Gerümpel aus dem Haus. Der Mann betrachtet sie weiterhin.

»Sieht gut aus hier.«

Nora setzt ihre Sonnenbrille auf.

»Sind Sie wegen des Daches vorbeigekommen?«

Schönborn wendet sich lächelnd ab.

»Nein. Deswegen komme ich später noch mal.«

Nora nimmt die Brille ab und sieht ihm nach. Wenn er sich jetzt noch einmal zu ihr umdrehen würde . . .

Eilig setzt sie die Brille wieder auf und lehnt sich zurück.

Schönborn grinst zu Feske und Pösel hinüber.

***

Als Irene Schönborn den Edeka betritt, stehen Gabi Sobotta und Inge Liebenthal dicht zusammen an der Kasse bei Doris Pösel. Als Irene fragt »Na, welche Geheimnisse habt ihr denn?«, ziehen die Frauen ertappt die Köpfe voneinander weg. Inge Liebenthal beginnt planlos, ein paar Lebensmittel in ihren Einkaufskorb zu tun.

»Was sollen wir denn für Geheimnisse haben?«

»Mein Gott, versteht ihr denn keinen Spaß mehr?«

Gabi Sobotta steckt sich eine Marlboro an, nach dem ersten Zug hustet sie.

Irene beugt sich dicht zu Doris hinüber.

»Und? Hast du schon die Plastikbecher für unser Fest bestellt?«

»Liegen alle schon hinten. Kannst sie gleich mit rüber nehmen, wenn du willst.«

Ohne Irenes Antwort abzuwarten, eilt Doris nach hinten in ihr Lager.

Bis auf Gabis Atem, ihr Inhalieren der Zigarette, ist es jetzt still im Geschäft.

»Und, was sagst du zu unserem Neuzugang? Zu unserer neuen Nachbarin?«

»Zu Nora? Ach die, die hat die letzte Nacht bei uns geschlafen. Das war doch klar, dass die eines Tages hier aufkreuzen würde. Ist doch in Ordnung, dass sie sich endlich um das alte Haus kümmern will. So kann es ja auch nicht länger weitergehen.«

»Wieso das denn auf einmal? Meinetwegen kann alles

so bleiben wie es ist. Meinetwegen kann hundert Jahre lang alles so weitergehen. Ist doch alles bestens bei uns. Oder?«

»Ach komm, seit zwölf Jahren steht ›MÖRDER‹ an diesem Katen. Ich weiß nicht, was daran prima sein soll. Nur weil wir das schon gar nicht mehr sehen. Wir sind ja schon richtig blind, sind wir ja.«

»Steht doch nicht ohne Grund ›Mörder‹ dran!«

»Ja, aber schön ist das nicht. Für unser Dorf.«

»Ach Gott, jetzt auf einmal stört dich das.«

Inge steht am Zeitungsregal und sagt leise:

»Vielleicht hätten wir das Geschmiere ja längst mal wegmachen sollen.«

Irene dreht sich zu ihr um.

»Das wird die Nora jetzt für uns tun. Die ist ein plietsches Mädchen und wird das ganze Haus wieder flottmachen.«

Gabi drückt ihre Kippe in einem eigens für sie bereitgestellten Aschenbecher aus.

»Na, dann pass mal gut auf, Irene, daß dir dein Klausi nicht wieder durchgeht.«

»Um meinen Klausi mach du dir mal keine Sorgen!«

Doris kommt aus dem Lager zurück, den Arm voller Rollen ineinander gesteckter Plastikbecher. Irritiert bemerkt sie die Spannung zwischen den schweigenden Frauen.

Beim Hinausgehen dreht sich Irene noch einmal zu Gabi Sobotta um.

»Weißt du, was die Nora glaubt? Die glaubt tatsächlich, ihr Vater sei unschuldig. Wenn die mal nicht noch was ganz anderes vor hat. Bei uns. In Wolfshagen.«

***

Seit mindestens einer Stunde schon versucht Nora, das an ihre Hauswand geschmierte »MÖRDER« abgeschrubbt zu bekommen. Horst und Fred stehen am Eingangstor zu Feskes Grundstück und beobachten schadenfroh, wie Nora sich vergeblich abmüht. Pösel beschließt, der »Kleinen« mal zu zeigen, wie man das richtig anstellt. Aus seinem Ford Galaxie, auf dessen Seitenflügeln eine protzige Werbung für ihn als Garten- und Landmaschinenvertreter angebracht ist, holt er eine Flasche, auf deren Etikett eine durch drei Totenköpfe gekennzeichnete Warnung markiert ist. Mit dieser Blausäureflasche in der Hand betritt er Noras Grundstück.

»Tach auch. Wenn du mich mal ranlässt, zeig ich dir, wie man das macht.«

Nora tritt irritiert beiseite. Pösel hockt sich vor die Buchstaben an der Wand.

»Kennst mich wohl nicht mehr. Ich erinnere mich noch ganz genau. Und deine Mutter, die kannte ich auch. Der habe ich auch öfter mal unter die Arme gegriffen . . .«

Pösel gießt von oben herab Blausäure über das »MÖRDER«. Sofort steigt ätzender Geruch auf. Es qualmt.

Die ersten Buchstaben verschwinden zusehends. Auch das Unkraut, das sich dicht an der Hauswand mühsam hervorgekämpft hat, wird verätzt. Wie sich das für einen richtigen Mann gehört, arbeitet Pösel selbstverständlich ohne seine Finger durch Handschuhe zu schützen, und so, als mache es ihm überhaupt nichts aus, die ätzenden Gase einzuatmen.

»Da staunst du, was? Mit Blausäure bekommt man alles weg. Einfach alles. Wenn du möchtest, besorge ich dir einen Container für den alten Krempel aus deinem Haus. Ich komme an alles ran, du musst mich nur nett fragen.«

Pösel kippt über die nächsten Buchstaben Säure. Wie gelähmt beobachtet Nora, dass auch diese verschwinden.

»Durch Blausäure ist meine Mutter gestorben. Dieses Zeug da hat man ihr damals eingeflößt.«

Pösel hält inne und sieht Nora mit betroffener Miene an.

»Das war wirklich eine schlimme Sache damals. Ich hätte nie gedacht, dass dein Vater so etwas tun könnte.«

Nora erwidert Pösels Blick.

»Mein Vater, der war das nicht!«

»Das fällt dir aber reichlich spät ein, Mädel. Wenn's nicht dein Vater war, wer soll es denn sonst gewesen sein?«

»Irgendeiner von euch. Was weiß ich? Irgendeiner von hier. Ich habe es schwarz auf weiß. Irgendeiner von euch hat mir einen Brief geschrieben. Vielleicht sogar Sie. Da steht drin, dass der Mörder hier noch frei herumläuft. Die ganze Zeit . . .«

Aufgeregt holt Nora den Zettel mit den aufgeklebten Buchstaben hervor und hält ihn Pösel vors Gesicht.

Der liest, sieht hektisch zu Feskes Grundstück hinüber und richtet sich auf.

»Kannst du mir mal sagen, was das jetzt soll? Ich bin so freundlich und komme rüber, um dir zu helfen, und als Dank gehst du mir mit solchem Schwachsinn auf die Nerven?«

Demonstrativ dreht er die Säureflasche zu und geht. Das »MÖRDER« ist nur bis auf die letzten beiden Buchstaben verschwunden.

Nora ruft ihm nach:

»Und? Waren Sie es? Oder nicht?«

Pösel kehrt noch einmal zu ihr zurück.

»Mach so etwas nicht noch mal mit mir! Wage es ja nicht!«

Trotz des Spießigen, das er durch seinen grau melierten, sehr gepflegten Vollbart, die Goldrandbrille und den weinroten Seidenblouson, den er meistens als Vertreter trägt, ausstrahlt, hat Pösel in diesem Augenblick etwas Bedrohliches. Nora spürt Angst. Doch sie lächelt. Wie sie immer lächelt, wenn ihr in Wahrheit nicht nach Lachen zumute ist.

***

Wolfshagen ist ein Ort, der in eine Sackgasse mündet. Die Straße, die hierher führt, löst sich am Ende des Dorfes – mit seinen wenigen, dicht an der Fahrbahn stehenden Häusern – in Wald- und Feldwege auf. Im Wald liegt ein kleiner Friedhof, auf dem neben Leuten aus Wolfshagen auch welche aus den kleinen Ortschaften der Umgebung begraben sind. Die nächste Kirche befindet sich knapp dreißig Kilometer entfernt, dort, wo es einen weiteren Friedhof gibt. Hier im Wolfshagener Wald gibt es nur ein kleines, rot geklinkertes Haus, in dem die Toten bis zum Begräbnis aufgebahrt werden.
Nora schreitet langsam alle Wege des Friedhofs ab, liest Namen für Namen auf den Steinen. Das verwahrloste Grab ihrer Mutter findet sie abseits. Es macht den Eindruck, als hätte man in den letzten Jahren vermieden, seine Angehörigen dicht neben Helga Herbst unter die Erde zu bringen. Kräftiger Efeu hat den Grabstein fast vollständig umrankt. Nora zerrt die Pflanzen herunter, bis die Inschrift frei wird und kratzt mit einem Stock Moos und Sand aus den einzelnen Buchstaben und Zahlen frei: »Helga Herbst – 4. 6. 1953 – 13. 9. 1989.«

Plötzlich knackt es hinter den hohen Fichten, die den Friedhof umsäumen. Erschrocken sieht Nora sich um. Als sie niemanden entdeckt, setzt sie die Säuberung des Grabsteines fort. Erneut hört sie nun deutlich ein Geräusch hinter ihrem Rücken. Schnell steht sie auf und sieht nach allen Seiten. Niemand.

Eilig verlässt sie den Friedhof. Immer wieder sieht sie

sich um. Plötzlich entdeckt sie zwei Eichhörnchen, die sich auf einem frischen Grab voller Blumen und Kränze an den darin verarbeiteten prächtigen Zapfen mit Futter versorgen. Nora lächelt über sich selbst. An ihrem Auto entdeckt sie unter einem Scheibenwischer einen Zettel. Hastig nimmt sie ihn hervor und verriegelt sich danach im Auto. Während sie den Zettel auseinanderfaltet, startet sie den Wagen. Zweimal säuft der Motor ab, weil Nora so nervös ist. Auf dem weißen Blatt steht mit dickem Stift in großen Druckbuchstaben geschrieben: »Verpiss dich, du Ratte! Sonst ergeht es dir wie deiner Mutter!«

***

Hatte sie in der ersten Nacht in ihrem Elternhaus bloß schlecht einschlafen können, weil sie sich Gedanken machte, wonach und nach wem sie in Wolfshagen eigentlich suchte, war sie in dieser Nacht vor Angst gar nicht zu ihrem Schlaf gekommen. Die anonyme Drohung, die sie unter ihrem Scheibenwischer gefunden hatte, schien ihr der sichere Beweis dafür, dass der Mörder tatsächlich noch in Wolfshagen lebte und dass ihr Vater tatsächlich nicht derjenige war, der Noras Mutter umgebracht hatte.

»Verpiss dich, du Ratte . . .« Doch welcher der wenigen Männer, die auch schon vor zwölf Jahren hier im Dorf lebten, könnte ihre Mutter getötet haben? Auf die Tapete ihres alten Kinderzimmers hatte Nora nachts die Namen der in Frage kommenden Männer geschrieben – wie zu einem Cluster ordnete sie sie an.

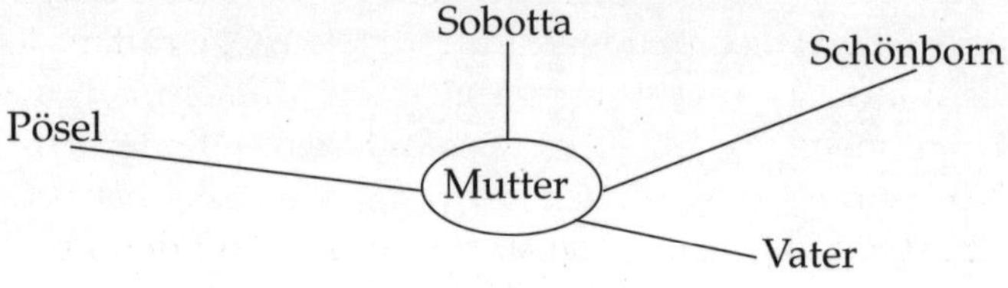

Sie schrieb auch ihren Vater mit dazu, damit sie ihn sofort wieder durchstreichen konnte und genoss diesen Augenblick. Blieben also Pösel, Schönborn und Sobotta, die als Täter in Frage kamen.

Die Liebenthal hatte nie einen Mann gehabt. Der

Erzeuger Arnes war ihr schon während der Schwangerschaft durchgebrannt, kam also als Mörder von Helga Herbst nicht in Frage.

Nora legte diesen Cluster an, um den Verdächtigen auch Motive zuordnen zu können. Doch ihr fällt für keinen der Männer eines ein. Genau dies war vermutlich auch der Grund dafür gewesen, weshalb ihr Vater letztendlich verurteilt worden war. Seine Eifersucht und Androhungen von Mord waren für das Gericht Motiv genug gewesen. Und Nora hatte dies durch ihre Aussage auch noch bekräftigt. Doch darüber mochte sie jetzt nicht länger nachdenken.

Das ehemalige Kinderzimmer liegt in der oberen Etage des Hauses. Nora hat sich hier einen Schlafplatz hergerichtet, weil es der einzige abschließbare Raum ist. Erst nachdem sie in der letzten Nacht eine Flasche Rotwein leer getrunken hatte, fiel sie irgendwann in einen unruhigen Schlaf.

Am Morgen schreckt Nora hoch. Ein Schuss kracht. Dann noch einer. Benommen eilt Nora zum Fenster. Ein gewaltiger Krähenschwarm erhebt sich kreischend in die Lüfte. Dunkle, regenschwere Wolken hängen tief am Himmel. Fred Feske steht breitbeinig in seinem Garten und schießt noch einmal. Eine Krähe ist getroffen. Es sieht aus, als würde der Vogel einen Moment lang im Flug innehalten, bevor er wie ein Stein zu Boden fällt. Noch einmal bewegt sich der Schnabel. Feske hebt die Krähe auf und schleudert sie von Weitem auf den Komposthaufen. Dabei sieht er zu Nora hinauf. Nora tut so, als würde sie nur dort stehen, weil sie das Fenster wegen des einsetzenden Regens schließen möchte. Eilig wendet sie sich ab.

***

Am Giebel des Hauses lehnen Dachpfannen, die durch Moos, das sich darauf abgelagert hat, wie miteinander verwachsen sind. Unter größter Anstrengung zerrt Nora zwei Pfannen hervor. Schon völlig durchnässt versucht sie, die Stelle des Daches abzudichten, an der es regelmäßig durchregnet. Eine der beiden Dachpfannen rutscht ihr aus der Hand und zerschmettert auf dem Boden. Es gelingt Nora nicht, die andere unter die alten zu schieben. Verzweifelt versucht sie immer wieder, die vorhandenen Dachsteine wenigstens nur einen Millimeter zu lockern und bemerkt dabei nicht, dass Klaus Schönborn unten an der Leiter steht – mit mehreren neuen Pfannen in den Händen.

»Kann ich helfen?«, ruft er laut gegen das Wetter an.

Nora erschrickt, rutscht mit ihren leichten Schuhen von der nassen Leitersprosse und stürzt hinunter.

Schönborn hat zwar den Impuls, sie zu halten, doch alles geschieht viel zu schnell.

»Scheiße!«

Nora liegt regungslos auf dem lehmigen Boden, Klaus beugt sich über sie.

»Das habe ich nicht gewollt. Entschuldige.«

Nora sieht ihn an.

»Idiot!«

Sie wagt nicht, sich zu bewegen, hat Angst, sich die Wirbelsäule verletzt zu haben.

Langsam registriert sie, dass nur ihr linker Arm

schmerzt und setzt sich auf. Schönborn bleibt neben ihr hocken.

»Tut mir Leid. Wirklich. Ich mach das wieder gut.«

Nora macht einen Versuch aufzustehen, setzt sich aber schnell wieder zurück, weil sie noch sehr benommen ist.

»Womit willst du das denn wieder gutmachen?«

»Ich repariere dir das Dach.«

Lächelnd betrachtet Nora den Regen.

»Etwas spät, würde ich sagen . . .«

Schönborn rückt näher an sie heran.

»Und ich gebe dir Reitstunden. Gratis.«

»Ach ja, aus dem wird wohl vorläufig nichts.«

Wie zum Beweis hält Nora dem Mann ihren Arm hin. Schönborn betrachtet die Schürfungen. Und berührt sie. Es kommt Nora unwirklich vor, hier im strömenden Regen mit Schönborn zu sitzen. Dass er ihren Arm nicht mehr loslässt, verunsichert sie. Längst müsste sie sich aus dieser Berührung lösen, doch sie tut es nicht. Irene kommt ums Haus. Sie wirkt abgehetzt. Unter dem Arm trägt sie eine große Plastikplane.

»Ach hier seid ihr, da kann ich ja lange suchen.«

Nora zieht eilig ihren Arm von Klaus weg. Irene lässt die Plane zu Boden fallen.

»Wie ich sehe kommt ihr auch ohne meine Hilfe aus.«

***

Arne spreizt die Finger der linken Hand und legt sie auf den Tisch. Mit seinem Jagdmesser sticht er immer wieder in die Zwischenräume seiner Finger, erst langsam, dann immer schneller. Dieses Kunststück hatte er in einem Western gesehen, echte Cowboys taten dies im Wettbewerb, um sich in Saloons die Zeit zu vertreiben. Wer von ihnen sich zuerst in den Finger stach, hatte das Spiel verloren. Arnes Mutter hasste es, wenn ihr Sohn zu Hause mit dem Messer hantierte. Immer macht sie sich Sorgen um ihn, weil er ihr Einziger ist.

Irene Schönborn steht am Tresen und zapft Biere. Sie stören die Einstiche in ihren Kneipentisch nicht, sie findet, dass der Tisch dann wirkt, als würde er leben. Diesen Schankraum betreibt Irene eigentlich nur zum Spaß. Zwei bis drei Abende in der Woche schließt sie ihn für ein paar Stunden auf. Öfter würde es sich nicht lohnen, weil viel zu selten Fremde vorbeikommen, die hier einkehren.

Manfred Sobotta ist derjenige, der sich am meisten mit dem Saufen beeilt, weil es meist nicht sehr lange dauert, bis Irene die Männer wieder zu ihren Frauen nach Hause schickt.

Heute zieht sogar Horst Pösel beim Trinken kräftig mit. Er und Fred Feske erzählen gerade von einem aufregenden Erlebnis, das sie am Morgen im Wald hatten, als sie gemeinsam auf der Pirsch waren. Horst selbst kommt vor lauter Lachen kaum dazu, die Geschichte zu Ende zu bringen, zu sehr amüsiert ihn, was in der Frühe im Wald geschehen ist.

»Die waren garantiert aus Hamburg. Garantiert!«

»Halbe Hähne waren das.«

»Na, jedenfalls, Fredi und ich entdecken heute morgen ein Zelt. Mitten in meinem Revier. Was soll ich sagen: Eine Stunde später kommen wir wieder vorbei, steht dieses verdammte Zelt immer noch da. Ich denke, das darf doch nicht wahr sein! Unverschämtheit das! Einfach in meinem Revier zu zelten. Wo kommen wir denn da hin! Ich rufe nach denen. Nichts rührt sich. Ich rufe noch mal. Doch die denken gar nicht daran, herauszukommen aus ihrem bekloppten Zelt. Dann musste ich eben meine Knarre nehmen und mal ordentlich draufhalten.«

Fred haut Manfred Sobotta in die Seite.

»Ordentlich losgeballert hat er. Mit Schrot. Daneben natürlich.«

Pösel ist vor Lachen den Tränen nahe.

»Und dann kommen diese zwei nackten Kerle heraus! Splitternackt. Das glaubt ihr nicht. Zwei halbe Hähne in meinem Revier!«

»Denen haben wir Feuer unterm Arsch gemacht!«

»Das hättet ihr sehen sollen, wie die gerannt sind. Was das Zeug hält, sind die gerannt. Haben ihren ganzen Mist stehen und liegen lassen. Sind nur noch weg.«

Feske, Pösel und Sobotta lachen. Arne sticht inzwischen so schnell mit dem Jagdmesser zwischen seine Finger, dass er sich jeden Moment verletzen könnte. Abrupt bricht er das Spiel ab, lehnt sich entspannt nach hinten und grinst, als hätte auch er die Geschichte der Männer aufmerksam verfolgt.

Feske grölt. Horst Pösel genießt die Aufmerksamkeit.

»*Die* lassen sich jedenfalls nicht mehr bei uns blicken, die nicht! Und jetzt, jetzt kommt das Beste: Jetzt haben wir ein Zelt, meine Alte und ich. Das bauen wir im Garten auf, wenn die Enkelkinder mal wieder zu Besuch kommen. Aber das muss man sich mal reinziehen, jetzt campen hier schon Schwule in unserem Wald. Als hätten wir unsere eigenen Reviere nicht mehr unter Kontrolle. Das Gesocks, das hier durch den Wald schleicht, muss sich nicht wundern, wenn wir ihm einen Blattschuss verpassen.«

Feske pflichtet Pösel bei.

»Da denkst du, du hast eine abschussreife Ricke vor der Lunte, und dabei ist es irgendein Gesindel, das in unseren eigenen Gefilden rumschnüffelt. Wo soll denn das hinführen! Das bringt doch nur Unruhe rein, wenn hier so viel Fremde rumschleichen.«

Pösel nickt.

»Die kleine Herbst, die ist auch nicht ohne, die schnüffelt auch rum, das sag ich euch.«

Sobottas Stimme schlägt um.

»Nun hör doch endlich mal mit der Herbst auf. Wegen der brauchst du dir doch nun wirklich nicht ins Hemd zu machen.«

»Und was ist mit diesem anonymen Brief, den sie mir gezeigt hat?«

»Jetzt fängst du schon wieder davon an! Was weiß ich denn, wer uns da was am Zeug flicken will! Soll sie doch bei uns herumschnüffeln, wie sie will. Ik lass mir von der jedenfalls nich de Petersilie verhageln. Von der nich!«

Irene bringt vier Biere an den Tisch. Die Männer trinken zügig die letzten Schlucke aus ihren Gläsern und stellen sie aufs Tablett der Wirtin.

Irene möchte wissen, ob die nächste Runde auf Manfred Sobotta geht. Als der nickt, versieht sie dessen Bierdeckel mit vier Kreuzen.

»Na dann prost!«

In diesem Moment öffnet sich die Tür und Nora tritt mit einem »Guten Abend allerseits!« in den Schankraum.

Manfred Sobotta kann ein lautes »Ach, nee, guck mal an, wenn man vom Teufel tratscht, kommt er angelatscht«, nicht zurückhalten. Während Nora am Tresen mit Irene bespricht, was sie zu Abend essen könnte, spürt sie die Blicke der Männer in ihrem Rücken. Genau dies hatte sie mit ihrem Besuch beabsichtigt. Sie musste eine Möglichkeit provozieren, nah an die Männer heranzukommen, wenn sie etwas mehr über diese erfahren wollte. Die Leute sollten ihretwegen nicht mehr in den Schlaf kommen. Deswegen hat sie auch das Kleid ihrer Mutter angezogen.

Irene geht in die Küche, um für Nora eine Portion Gulasch warm zu machen. Nora lehnt sich mit dem Rücken an den Tresen und lächelt hinüber zu den Männern.

Sobotta grinst zurück.

»Willst du nicht zu uns an den Tisch kommen? Oder bist du zu vornehm dazu?«

»Ich doch nicht . . .«

Nora geht auf den Tisch zu, an dem kein Stuhl mehr frei ist, und klemmt sich mit auf die Sitzbank zwischen Feske und Sobotta. Horst Pösel schiebt ihr gönnerhaft sein noch unberührtes Bierglas hin. Arne spielt verlegen mit seinem Messer. Manfred Sobotta pustet die Schaumkrone von seinem frischen Bier, bevor er den ersten Schluck nimmt. Die Flocken verteilen sich auf dem Tisch. Rülpsend wischt Sobotta sich mit dem Handrücken den Mund trocken.

»Wenn ich die Deern so angucke . . . Die ist genau richtig gekommen zu unserem Dorffest. Nicht Arne, da ist direkt mal was dabei für einen Jungen wie dich. Für die Jugend.«

»Vielleicht ist sie dann ja schon wieder weg aus Wolfshagen«, bemerkt Pösel fragend.

Nora lächelt in die Runde.

»Kommt ganz drauf an.«

Irene bringt aus der Küche einen Teller mit aufgewärmtem Gulasch und einer Scheibe Brot.

»Mahltiet!« wünschen die Männer wie im Chor. Nora nickt unschlüssig. Auf dem Teller hat die fette, braune Soße das weiße Brot aufgeweicht und droht, über den Tellerrand zu laufen. Nora stochert mit der Gabel ein wenig in dem Fleisch herum, dann holt sie aus ihrer Tasche den Zettel mit der Drohung hervor, den sie am Friedhof unter dem Scheibenwischer ihres Autos gefunden hatte.

»Wer von euch hat mir denn diesen Liebesbrief ans Auto gesteckt?«

Sobotta rülpst ein weiteres Mal, ohne sich die Hand vor den Mund zu halten.

»Langsam geht mir der ganze Schiet ziemlich auf den Sack!«

Pösel, der Nora gegenüber sitzt, greift nach dem Blatt Papier, um die Schrift besser entziffern zu können. Doch Nora will sich ihr Beweisstück nicht einfach wegnehmen lassen. Einen Moment lang zieht Pösel noch daran, bevor er aufgibt. Nora hält ihm das Geschriebene dicht vors Gesicht. Dazu muss sie sich etwas von ihrem Platz erheben und sich zu ihm über den Tisch beugen. Sobotta nutzt die Gelegenheit, greift Nora in die Hüften und zerrt sie lachend auf seinen Schoß.

»Hoppa, hoppa, Reiter . . .«

Nora versucht, sich aus Sobottas Griff zu befreien. Es gelingt ihr jedoch nicht, seine kräftigen Hände auch nur einen Zentimeter von ihrem Körper abzulösen. Arne sieht dem Geschehen erschrocken zu, wagt aber nicht einzugreifen. Pösel grinst hämisch, denn Strafe muss sein. Feske lacht und lacht. Irene Schönborn spült Biergläser und beobachtet das Geschehen aus den Augenwinkeln. Nora wehrt sich verzweifelt gegen Sobotta. Der versucht inzwischen, sie auf den Hals zu küssen.

»Komm, hab dich doch nicht so! Deine Mutter hat sich auch nicht so angestellt. Der Appel fällt nicht weit vom Plumbaum . . .«

Nora schlägt um sich. Gläser kippen um, der Gulaschteller fällt zu Boden, Bier läuft auf den anonymen Drohbrief.

Endlich bewegt sich Irene hinter ihrem Tresen hervor.

»Manfred! Was soll denn die Schweinerei? Lass doch gefälligst die Nora in Ruhe!«

Sobotta lässt sofort von Nora ab. Eilig windet sie sich zwischen Bank und Tisch hervor. Ihr Körper ist von oben bis unten mit Bier und Gulaschsoße bekleckert. Kopfschüttelnd besieht sich Irene das Kleid.

»Komm mal mit, wir kriegen das schon wieder hin. Und ihr macht gefälligst sofort die Sauerei auf eurem Tisch weg!«

Sobotta brüllt den beiden Frauen in die Küche nach.

»Die Herbst soll gleich sehen, was sie davon hat, wenn sie einem wie uns was am Zeug flicken will!«

Er greift nach dem Drohbrief und steckt ihn in seine Jackentasche.

***

Irene kniet vor Nora und versucht, mit einem alten, nassen Lappen die Gulaschflecken aus deren Kleid zu reiben. Die Küche ist ein kleiner, mit einer Neonlampe erleuchteter Raum, ausgestattet mit einer Doppelspüle, Kühlschrank und einem Herd, auf dem ein großer Gulaschtopf steht. Neben einer angebrochenen Toastbrotpackung, aus der Irene zu jedem Gulasch eine Scheibe verabreicht, ein paar sauren Gurkenscheiben und ein paar Dosen Tomatensuppe, findet man keine weiteren Lebensmittelvorräte vor. An den wenigen Tagen, an denen sie ihre Kneipe für die Männer des Dorfes aufschließt, bringt Irene vorgekochtes Essen mit, meist etwas von dem, das sie mittags auch für sich und ihren Mann zubereitet hat.

Irene richtet sich mühsam auf und reibt ihr Knie.

»Jetzt gieße ich uns erst mal einen ein – auf den Schreck. Keine Ahnung, was in die Männer gefahren ist. Der Teufel muss den Manfred geritten haben, so wie der sich aufgeführt hat. So habe ich den noch nie erlebt, und ich habe schon so einiges mit dem durchgemacht, das kannst du mir glauben.«

Nora trinkt ihr Glas in einem Zug leer.

»War mir gleich klar, dass der Dreck am Stecken hat. Sobotta. Oder Pösel. Oder beide zusammen.«

Irene gießt nach.

»Ein bißchen kann ich den Manni allerdings auch verstehen. Du kreuzt hier so mir nichts, dir nichts auf und bringst alles durcheinander. Beschuldigst einfach die Leute. Das finden die natürlich gar nicht lustig. Prost!«

Irene kniet sich erneut vor Nora, doch es hat keinen Sinn, die Gulaschflecken lassen sich nicht aus dem inzwischen durchnässten Kleid herausreiben. Nora nimmt Frau Schönborn den Lappen aus der Hand und versucht es noch einmal selbst. Vergeblich.

»Darf ich mir eine Ihrer Kittelschürzen ausleihen?«

»Klar doch. Bedien dich.«

Nora zieht das Kleid über den Kopf und holt sich vom Haken an der Küchentür eine rosa Schürze. Irene bemerkt das Mal zwischen Noras Rücken und Steiß. Einen Moment lang starrt sie darauf, als könne sie nicht begreifen, was sie dort sieht.

Nora bemerkt den Blick und zieht den Slip über das Mal.

»Das, das ist nichts weiter. Das muss mir irgendeiner meiner Vorfahren vererbt haben.«

Irene geht auf sie zu.

»Zeig doch mal!«

Nora aber lässt sich von der Frau nicht den Slip herunterziehen.

»Nein!«

»Doch, bitte!«

Aus dem Kneipenraum ruft Manfred Sobotta.

»Irene! Sollen wir hier verdursten, oder was!«

Irene lässt von Nora ab.

»Ich schmeiße die verdammten Kerle jetzt erst einmal raus. Und dann, dann reden wir beide weiter. Ich komme gleich wieder. Du wartest hier, ja.«

Nora zieht die viel zu weite Kittelschürze über. Amüsiert sieht sie an sich hinunter und dreht sich im Kreis, dabei bemerkt sie, dass sie schon angetrunken ist. Das Sommerkleid ihrer Mutter hängt sie zum Trocknen ans weit offene Küchenfenster. Aus dem Schankraum hört sie die Männer lauthals mit der Wirtin diskutieren. Nora bewundert Irene dafür, wie geschickt es dieser gelingt, den Kerlen weitere Biere zu verweigern und sie mit je einem auf Kosten des Hauses gehenden Schnaps zum Verlassen der Kneipe zu überreden. Nora gießt sich nach und trinkt das Glas leer. Spätestens jetzt ist der Moment gekommen, den Vorsatz, nie wieder rauchen zu wollen, erneut zu vergessen. Sie steckt sich eine von Irene Schönborns Zigaretten an.

***

Eine Stunde später sind beide Frauen völlig betrunken. Nora ist inzwischen diejenige, die immer wieder nachschenkt.

»Bitte erzählen Sie mir, wie er war, mein Vater. Sie haben ihn doch gut gekannt.«

»Der Jürgen, ach, der war ein guter Mensch. Eine treue Seele war er. Wir, er und ich, haben uns immer gut verstanden. Und deine Mutter, die hat er abgöttisch geliebt. Und dich natürlich auch. Wie ein Mann nur lieben kann. Ihr seid sein Ein und Alles gewesen. Einmal, da hast du, du warst damals vier oder fünf Jahre alt, da hast du dich davongemacht. Bist heimlich auf die Weide von unserem Manni, dem Sobotta, und wolltest dessen Kühe füttern. Dein Vater, der hat dich überall gesucht. Ich sehe ihn noch vor mir, wie verzweifelt er war – aus Angst um dich. Ich habe ihm natürlich sofort beim Suchen geholfen. Plötzlich entdeckten wir deine rot leuchtende Mütze. Ganz seelenruhig hast du zwischen Sobottas Kühen gesessen und die Viecher mit Klee gefüttert. Hast überhaupt keine Angst gehabt. Die Biester haben dir sogar aus der Hand gefressen. Zum Piepen war das. Und du hast natürlich überhaupt nicht verstanden, warum dein Vater so aufgeregt war. Ich habe ja schon immer gesagt: Wenn man keine Angst hat, dann passiert einem auch nichts. Ist doch so, oder? Ich meine, diese blöden Kühe, die hätten dich doch tottreten können, die waren doch riesig im Vergleich zu dir. Aber du, du hattest keine Angst. Dein Vater, der war nur froh, dass er dich wieder hatte. Der hat nicht geschimpft mit dir. Nur der Manni, der war gleich wieder sauer, weil du dich auf seiner Weide herumgetrieben hattest. Der Manni, der war mal wieder gleich auf hundertundachtzig.«

Während Irene Schönborn erzählt, vergisst Nora das Trinken. Sie besitzt nicht viele solcher wunderbaren Kindheitserinnerungen. Sie hatte einfach zu wenig gemeinsame Jahre mit ihren Eltern erleben dürfen. Wenn sie heute ihren Vater besucht, weigert der sich, ihr etwas von früher zu erzählen. Die Episode, die Frau Schönborn soeben preisgegeben hat, wird Nora zukünftig wie einen Schatz in ihrem Gedächtnis hüten. Von Geschichten, in denen ein besorgter, sie liebender Vater die Hauptrolle spielte, konnte sie nicht genug hören.

»Mein Vater hat sich von diesem Typen, diesem Sobotta, aber nichts bieten lassen, oder?«

Irene gießt nach. Nora greift eilig nach dem Glas.

»Den Sobotta, den werde ich mir als Ersten vornehmen. Der geile Bock ist doch bestimmt meiner Mutter nachgestiegen.«

Irene zuckt mit den Achseln.

»Ich kann mir nicht vorstellen, dass der Manni deiner Mutter irgendetwas angetan haben könnte.«

»Aber von meinem Vater können Sie sich das vorstellen, oder was? Ich werde den fertig machen, der mir meine Familie kaputtgemacht hat. Die ganzen Jahre schon sitzt mein Vater da drin – unschuldig. Und ich, ich war im Heim, wegen irgend so einem verdammten Idioten.«

»Ach Kind. Ich weiß, das ist alles furchtbar. Aber woher willst du denn wissen, dass es nicht doch dein Vater war, der ... Ich meine, so viel ich weiß, hast du doch selbst gegen ihn ausgesagt damals. Und mit dafür gesorgt, dass er ins Gefängnis kam.«

Nora springt vom Stuhl auf und läuft in der Küche hin und her.

»Er war es aber nicht! Das weiß ich eben! Sie haben doch gerade selbst gesagt, dass er ein guter Mensch war. Ist.«

Sie setzt sich wieder hin und lächelt, als habe sie plötzlich einen Trumpf in der Hand.

»Und der Brief? Was ist mit dem Brief, den mir einer von euch aus Wolfshagen geschickt hat? Der Brief ist der Beweis dafür, dass ich Recht habe.«

»Ja, ja, du hast ja Recht, das ist wirklich eigenartig. Irgendetwas stimmt an der ganzen Geschichte nicht. Ich habe ja damals auch kaum glauben können, dass dein Vater ein Mörder sein soll. Und wenn, dann hätte er es bestimmt nicht auf diese miese Tour gemacht. Mit Gift. Und dann deine Mutter auch noch von einem Auto überfahren lassen. Ich meine, wenn dein Vater so etwas vorgehabt hätte, dann hätte er doch dafür seine Flinte genommen. Oder so ... in der Art.«

Nora nickt.

»Ich gehe nicht weg, bevor ich das Schwein habe.«

»Aber wie willst du denn in dieser Sache überhaupt etwas herausfinden. Ist doch alles schon so lange her.«

Nora macht lächelnd eine laszive Geste.

»Ich weiß schon wie. Auf meine ganz spezielle Art.«

Irene gießt nach und zwinkert ihr zu.

»Aber meinen Klaus, den lässt du in Ruhe, ja?«

Nora stößt gegen Irenes Glas.

»Na klar!«

»Wenn ich dich so ansehe, deine Figur und so, du kommst sehr nach deiner Mutter. Du bist ganz die Helga. Willst du nicht endlich Irene zu mir sagen? Ich komme mir ja sonst steinalt vor, wenn du mich immer siezt.«

Irene und Nora umkreuzen die Arme, trinken – und küssen sich auf den Mund.

***

Nora torkelt mitten auf der Straße nach Hause. Plötzlich war ihr eingefallen, dass sie ihren Kater füttern musste und hatte es eilig gehabt, in ihr Bett zu kommen. Trotz Irenes Widerrede hatte sie sich ihr nasses Kleid übergezogen und war losgegangen. Sie wollte auch die Viertelstunde nicht mehr abwarten, die Irene noch brauchte, bis sie ihre Kneipe abschließen konnte. Nicht einmal eine alte Strickjacke hatte Nora annehmen wollen. Irene war ihr noch einmal kurz nachgelaufen gekommen, weil sie eilig noch etwas Gulasch für Noras Kater abgefüllt hatte, damit das arme Tier mal etwas Vernünftiges zwischen die »Kiemen« bekäme.

Die in großen Abständen aufgestellten Laternen beleuchten die Dorfstraße nur abschnittsweise. Auf dem Dorf wird es nachts noch richtig dunkel, etwas, das Nora aus der Stadt nicht kennt.

Hinter sich vernimmt sie ein Geräusch. Als sie sich erschrocken umwendet, entdeckt sie jedoch niemanden. Nora geht schneller, dreht sich immer wieder um. Sie wird noch schneller. Schritte im Nichts. Nora rennt.

Erst beim dritten Versuch gelingt es ihr, die Haustür aufzuschließen. Von der Brombeerhecke her hört sie erneut ein Knacken. Eilig drückt sie die Haustür hinter sich zu und lehnt sich erleichtert von innen dagegen. Ihr Herz schlägt bis zum Hals, als sie sich langsam von Raum zu Raum wagt und kontrolliert, ob alle Fenster verschlossen sind. Die grell leuchtenden Deckenlampen in den Zimmern vermitteln Nora nur einen kurzen

Moment lang das Gefühl von Sicherheit. Ihr wird klar, dass jeder, der draußen um das Haus schleichen würde, sie beobachten könnte, ohne dass sie selbst es bemerken würde. Von den hellen Innenräumen aus kann sie draußen im Garten niemanden erspähen. Sie sieht nur Schwarz. Ungewissheit. Beim Bellen eines Hundes in der Ferne verspürt Nora Erleichterung, es gibt ihr das Gefühl, nicht allein auf der Welt zu sein. Sie bedauert, in einem Anfall von Rage die alten, stinkenden Vorhänge heruntergerissen und weggeworfen zu haben. Nach und nach löscht sie in den einzelnen Räumen die Lichter. Nun kann sie durch die kahlen Fensterscheiben in den Garten sehen und Konturen erkennen. Nichts bewegt sich auf dem Grundstück ihres Hauses. Auch Förster Feskes Haus liegt im Dunkeln. Bei Schönborns brennt noch in einem Zimmer Licht. Irene dort zu wissen, gibt Nora ein Gefühl von Sicherheit. Nora zögert minutenlang, bis sie wagt, die Dachluke zum Boden zu öffnen, um sicherheitshalber auch dort nachzusehen, ob niemand in ihr Elternhaus eingedrungen ist. Tagsüber hatte sie den Dachboden nach Erinnerungsstücken abgesucht. Irgendetwas musste doch aus der gemeinsamen Vergangenheit der Eltern zu finden sein – Tagebücher der Mutter vielleicht oder Briefe des Vaters, so wie die Protagonisten in Filmen immer zufällig entscheidende Hinweise fanden, wenn sie bei ihrer Suche nach Tätern und Motiven in einem Fall nicht mehr weiterkamen. Doch Nora hat außer alten Kacheln in hässlichem Beige mit kleinen Bäumen darauf, die vom Umbau des Badezimmers übrig geblieben waren, nichts gefunden. Beige ist die Farbe der Provinz. Beige war die Farbe von Noras Kindheit.

Zum Einschlafen in ihrem Kinderzimmer im oberen Stockwerk lässt sie das Licht angeschaltet. Während der

Nacht wacht Nora immer wieder auf, denn Alkohol und Nikotin lassen ihr Herz angestrengt pumpen. Leichte Kopfschmerzen und Übelkeit setzen ein. Es ist totenstill im Haus, so still, dass es in ihren Ohren rauscht. Im Halbschlaf zögert Nora einen Moment lang, bevor sie ihren Kater berührt, denn sie hat plötzlich Angst, er könne nicht mehr leben. Behutsam fasst sie dem Tier ins schwarze Fell, sofort rollt es sich zusammen und beginnt sein gleichmäßiges Schnurren. Nora rückt dichter an den Kater heran, drückt die alte Puppe fest in ihren Arm und versucht wieder einzuschlafen. Erst als es draußen hell wird, löscht sie das Deckenlicht und fällt in einen unruhigen Schlaf.

Im Traum sieht sie ihren Vater zwischen den anderen Männern des Dorfes sitzen. Glücklich geht Nora auf ihn zu. Plötzlich kracht ein Schuss. Die Männer ducken sich. Noch ein Schuss. Nora wacht auf. Benommen eilt sie zum Fenster.

Wieder steht Feske breitbeinig in seinem Garten und zielt auf Krähen. Nora reißt das Fenster auf. Als hätte er auf diesen Augenblick gewartet, grinst Feske zu ihr hoch.

Bevor sie schreien kann »Du Vollidiot, es ist mitten in der Nacht!«, muss sie sich übergeben und rennt ins Badezimmer hinunter. Kalter Schweiß tritt aus all ihren Poren. Um die Augen in ihrem blassen Gesicht sind dunkle Ringe. Sie hat höchstens eine Stunde fest geschlafen. Frierend legt sie sich wieder auf die Matratze. Die in ihrem Kopf kreisenden Gedanken lassen sie nicht zur Ruhe kommen. Die Szene des gestrigen Abends in der Kneipe wiederholt sich. Sobotta. Und was er über ihre Mutter redete. Nora wird erneut übel. Eilig erhebt sie sich. Auf der alten, beigefarbenen Tapete ihres Zimmers unterstreicht sie fett den Namen: Manfred Sobotta.

***

Arne Liebenthal schiebt eine Karre voller Grünfutter über Sobottas Hof auf den Kuhstall zu. Das kleine Geschäft für Jagdbedarf, das die Mutter ihm im Anbau seines Elternhauses eingerichtet hat, trägt nicht genügend Gewinn ein, und so war er froh, als Manni Sobotta ihm anbot, dass er sich in dessen Kuhstall Geld dazuverdienen könne. Wo – in dieser griesen Gegend – sollte Arne sonst eine Arbeit finden. Um sein Auskommen zu haben, konnte man nur in einen reichen Hof einheiraten, so wie Klaus Schönborn es vor Jahren getan hatte. Oder man verließ das Dorf, ging weg von hier – in die Stadt. Unzählige Male hatte Arne diese Möglichkeit heimlich erwogen, doch er wagte nicht, seine Mutter und seine Großmutter allein in Wolfshagen zurückzulassen. Die beiden Frauen nur mit dieser Idee zu konfrontieren, hatte für ihn schon etwas Unzumutbares.

Außerdem wusste Arne, was er in Wolfshagen hatte. Was er in der Stadt bekommen würde, wusste er nicht.

Wenn demnächst die alljährliche Treibjagd stattfindet und kurz darauf das traditionelle Sommerfest, dann wird er in seinem Laden wieder hohen Umsatz machen, so hoch, dass er Sobotta ein paar Wochen lang seine Kühe allein füttern lassen könnte. Doch Arne wird sich weiterhin um die Tiere kümmern und das Geld zur Seite legen – für den Fall, dass er eines Tages eine Frau heiratet, der er dann als Mann auch etwas bieten will. Außerdem brauchen Sobottas Tiere Arne, denn Manni und seine Frau kommen morgens viel zu oft nicht rechtzeitig aus den Betten. Die Kühe blöken dann im Stall, weil sie Schmerzen haben und endlich abgemolken werden wollen. Wenn Arne die Kühe versorgt, geht es ihnen gut. Schon wegen der Tiere könnte er Wolfshagen nicht einfach verlassen.

In der letzten Nacht hatte es geregnet. Sobottas Hühner suchen auf dem längst kahl gepickten Hof vergeblich nach einem grünen Halm. Der graue Sand hat sich in eine morastige Schicht verwandelt. Als ein Huhn aus dem Schlamm einen Regenwurm zieht, läuft es eilig damit davon und wird sofort von einer gackernden Schar Artgenossen verfolgt. Arne muss fest auftreten, um mit der Karre im Modder vorwärts zu kommen, um nicht mit seinen Gummistiefeln auszurutschen. Manfred Sobotta tritt ihm aus dem Kuhstall entgegen. Um Arne zum Stehenbleiben zu zwingen, greift er nach der Forke, die in der Karre auf dem Grünfutter steckt.

»Ich bezahle dich, damit du mir *all* meine Kühe melkst! Allesamt!«

Arne unternimmt einen vergeblichen Versuch, die Karre weiter in Richtung Stall zu schieben.

»Das mach ich ja auch. Aber die Milch von der Gescheckten, die, die hau ich weg – in den Gully!«

»Du haust mir meine Milch gar nicht weg! Damit das klar ist!«

Nora geht um Sobottas Haus und blickt durch die Fenster hinein. Alles – innen wie außen – wirkt heruntergekommen. Wonach sucht sie? Glaubt sie wirklich, einen Hinweis darauf zu finden, dass Manfred Sobotta der Mann ist, der den Drohbrief geschrieben hat? Sie weiß nicht, was sie glauben soll. Nora weiß nur, was sie glauben möchte. Plötzlich entdeckt sie die beiden Männer am Eingang des Kuhstalls. Eilig drückt sie sich an die Hauswand, damit sie von denen nicht gesehen wird. Sie versucht zu verstehen, worüber die Männer debattieren.

Manfred Sobotta lässt die Forke los. Arne schiebt missmutig die Karre, deren Räder jetzt fast bis zur Hälfte im Schlamm versunken sind, wieder an und nuschelt in seinen Bart:

»Die werden dich noch drankriegen, eines Tages. Das sage ich dir!«

Sobotta sieht sich nach allen Seiten um und folgt Arne in den Stall.

»Mein Gewissen ist rein. Das bisschen Penizillin in der Milch hat noch keinem was geschadet. Das lassen sich die Leute doch sogar selber freiwillig vom Doktor verschreiben. Nun mach mal kein Gewese. Oder willst du nicht mehr länger bei mir arbeiten?«

Im Anbau seines Hauses hat sich Manfred Sobotta ein kleines Büro eingerichtet. Die Tür dazu steht weit offen. Drinnen stapeln sich Papiere, Rechnungen, ungeöffnete Briefe, Werbung und alte Zeitungen. Dazwischen einzelne Äpfel, manche wohl noch vom vergangenen Jahr. Nora wagt sich in den Raum hinein, sieht immer wieder durch das dreckige Fenster nach draußen. Auf einem Brett, einem großen aus Holz geschnitzten Eichenblatt, stehen klebrige Schnapsgläser, daneben eine halb leere »Jagdschluck«-Flasche. Nora fühlt sich erinnert an das gestrige Gelage in Irene Schönborns Kneipe und spürt sofort Übelkeit in sich aufsteigen. Unter dem Schreibtisch, neben angegessenen Äpfeln und anderem Müll, findet Nora den zusammengeknüllten, verklebten Drohbrief, den Sobotta an sich genommen hatte. Aufgeregt, als könnte diese Tatsache etwas bedeuten, hebt Nora das Papier auf und faltet es auseinander. Sie schlägt alte Lieferbücher auf und vergleicht die Handschrift darin mit der auf dem Zettel. Enttäuscht muss sie jedoch feststellen, daß keine Ähnlichkeit zwischen den Schriften festzustellen ist. Nora sucht im Papierkorb nach weiteren Hinweisen, Entwürfen des Drohbriefes vielleicht, die Sobotta hier vernichtet haben könnte.

Als sie aufsieht, steht Manfred Sobotta im Raum, die Fäuste in die Hüften gestemmt.

»Na, wen haben wir denn da?«

Nora hat einen Moment lang den Impuls, sich weiter unter dem Schreibtisch zu verkriechen, sich unsichtbar zu machen. So unsichtbar, wie sie als Kind glaubte zu sein, wenn sie die eigenen Hände vor die Augen hielt.

Langsam richtet sie sich auf. Sobotta geht einen Schritt auf sie zu. Er riecht säuerlich nach Kuhstall, sein Atem stinkt nach Suff und Rauch. Noras Gedanken schweifen ab, sie überlegt, ob auch sie eine Fahne hat. Sobotta kommt noch näher, seine Haut ist großporig, seine Augen sind wässrig blau.

»Das ist Einbruch, was du hier machst.«

Nora spürt seine Weste an ihrem Körper und möchte zurückweichen, doch es ist zu eng, der Schreibtisch in ihrem Rücken drückt sich schmerzhaft in die Rückseite ihrer Oberschenkel.

Sobotta grinst.

»Ich weiß, wie du das wieder gutmachen kannst.«

»Wenn Sie mich anfassen, erzähle ich das weiter, das über die verseuchte Milch . . .«

Sobotta lacht kurz auf.

»Wenn ich dich anfass, erzählst du hinterher gar nichts mehr.«

Nur kurz streicht er mit der Hand über ihren Hals. Dann greift er an ihre Brust. Nora schlägt seine Hand weg. Er packt sie an den Armen und drückt seinen Körper gegen den ihren. Die vielen gefüllten Taschen seiner Weste drücken sich in Noras Oberkörper. Durch den

Stoff der Hose spürt sie sein steifes Glied. Sobotta versucht, den Mund auf den ihren zu pressen. Einen Moment lang gelingt es ihm. Um seine Hose zu öffnen, muss er eine Hand von ihrem Arm lösen. Nora schlägt um sich, doch es gelingt ihr nicht zu entkommen, denn er ist viel kräftiger als sie. Plötzlich aber lässt er von ihr ab. Erst jetzt entdeckt auch Nora, dass Gabi Sobotta in der Tür zum Büro steht. Sie trägt volle Einkaufstaschen in der Hand. Manfred Sobotta stiefelt kommentarlos an seiner Frau vorbei, nach draußen in Richtung Kuhstall. Während Nora ihre Kleidung zurechtzieht, erwidert sie den kalten, vorwurfsvollen Blick von Gabi Sobotta. Mit dem Handrücken wischt sie sich die Nase.

»Ihr Mann ist ein Schwein!«

Sie läuft los, weil sie merkt, dass sie anfangen muss zu heulen. Arne kommt aus dem Stall. Sein Blick begegnet dem Noras.

Gabi Sobotta schreit über den Hof.

»Du verdammte Hure! Pass bloß auf, dass es dir nicht wie deiner Mutter ergeht.«

***

Doris Pösel trägt Lebensmittelkartons hinein, die ein Lieferant morgens vor die noch verschlossene Tür ihres Geschäfts gestellt hat. Brötchen und Brot zum Beispiel, nur in geringen Mengen. Was sie bis zum Abend nicht verkauft hat, nimmt sie mit hinüber in die Wohnung, das wird es für sie und Horst zum Abendessen geben. Seit die Kinder aus dem Haus sind, achtet Doris darauf, die Bestellungen sehr genau zu kalkulieren, denn sie und ihr Mann wollen keinesfalls fett werden, nur weil sie ständig die Reste aus dem Laden verzehren müssen. Doris würde von sich behaupten, dass sie ihren kleinen Edeka liebt. Auch wenn die Arbeit nicht viel Geld einbringt, und sie es auch gar nicht nötig hätte, Tag für Tag im Laden zu stehen, weil ihr Horst als Vertreter eines Land- und Gartenmaschinenhandels genug verdient, findet sie, dass man als Frau etwas Eigenes braucht – eine Aufgabe. Doris Pösel ist für die Menschen aus Wolfshagen da, und manchmal passiert es auch, dass sich Fremde zu ihr in den Laden verirren und Komplimente machen, weil das Geschäft so gut sortiert ist. Mit großer Freude hört sie dann die Vergleiche mit anderen Verkaufsstellen der Umgebung, in denen es angeblich dreckig ist, zu viele Sachen angeboten werden, deren Verfallsdatum längst abgelaufen ist oder im Frischetresen stinkende Bratheringe offen neben frischem Bienenstich zum Verkauf liegen. Es ist nicht einfach, auf vierundzwanzig Quadratmetern Ordnung zu halten, so wie Doris es tut, und dabei gelingt es ihr sogar noch, Sweatshirts, Schnürsenkel und Regenschirme im Angebot zu haben. Früher führte sie außerdem noch etwas Schulbedarf, doch seit keine Kinder mehr im Dorf lebten, verzichtet sie darauf. Ihr Laden ist wie eine kleine eigene Welt, in die durch die Kunden sämtliche Neuigkeiten von draußen hineingetragen werden. Um sich etwas zu erzählen, würden die Wolfshagener niemals die Häuser der Nachbarn betreten. Dass sie dazu in Doris' Laden kommen, ist völlig selbstverständlich. Die Wohnungen der Leute betritt man eigentlich nur, wenn man zu runden Geburtstagen oder Silberhochzeiten eingeladen worden ist. Wenn dann alle beisammen sitzen, redet es sich jedoch eher schlecht über die eigenen Nachbarn.

***

Doris stellt zwei mit Blumen gefüllte Eimer auf die Stufen vor ihrem Geschäft. Sommermischung – aus dem eigenen Garten. Zwei Mark und neunundneunzig pro Strauß. In der Stadt würde man für solch prächtige Gebinde wahrscheinlich das Dreifache bezahlen müssen. Aber hier auf dem Dorf, wo jeder eigene Blumen im Garten hat . . . Inge Liebenthal kommt auf das Geschäft zugeeilt. Sie trägt zwei übereinander liegende Paletten Eier.

»Morgen, Doris.«

Ungeduldig wartet sie ab, bis Doris die Blumensträuße in den Eimern zurechtgezupft und ein Preisschild dazugesteckt hat.

»Wirst du das Grünzeug überhaupt los? Ich habe den ganzen Garten voll davon. Ich meine ja nur.«

Doris richtet sich auf und streicht ihren weißen Kittel glatt.

»Ob sie nun bei mir im Garten vergammeln oder hier. Das bleibt sich doch gleich, oder. Vielleicht kommt ja doch einer vorbei, der Blumen braucht, das weiß man nie so genau. Ist wie mit deinen Eiern. Mal werde ich sie los, mal bleibe ich darauf sitzen. Von den letzten habe ich übrigens noch welche. Die kannst du gleich wieder mitnehmen und an deine Hühner verfüttern. Du bist aber viel zu früh heute, ich habe die Abrechnung noch gar nicht fertig.«

Inge folgt Doris in den Laden.

»Es ist nur, weil Arne gesagt hat, die Nora, die schnüffelt hier rum – wegen ihrer Mutter.«

Doris tauscht die alten Eierpaletten gegen die neu mitgebrachten aus.

»Soll sie doch rumschnüffeln.«

»Und warum sagt mir keiner etwas? Warum muss ich das erst von Arne erfahren?«

»Was denn erfahren? Ist doch gar nichts los!«

»Dass die Nora Herbst einen Brief bekommen hat. Hier aus dem Dorf. In dem steht, dass ihr Vater unschuldig ist. Das ist los!«

»Gar nichts ist los! Willst du jetzt das Geld für deine Eier haben oder erst beim nächsten Mal?«

»Siehst du, du wusstest das auch schon von dem anonymen Brief! Und du hast mir nichts gesagt. Das, das ist das Allerschlimmste für mich.«

Doris fasst Inge um die Schulter.

»Weil du dich immer gleich so aufregst. Deswegen. Es ist überhaupt nichts los. Jetzt nimm deine Eier und geh nach Hause. Und nimm noch einen Strauß von der Sommermischung mit – für deine Mutter.«

»Wir brauchen keine Blumen. Aber wer hat denn nun diesen verdammten Brief geschrieben?«

Doris sucht den schönsten Strauß aus dem Eimer heraus und hält ihn Inge kurz zur Begutachtung vors Gesicht, bevor sie ihn ihr auf die Eierpaletten legt. Inge weicht abrupt zurück und schreit:

»Ich have sülven den ganzen Goorn voll davon. Ich have deine Blumen nich nödig! Keen Minsch have deine Bloomen nödig!«

Die Paletten und der Strauß fallen runter. Doris sieht auf ihre schönen Blumen, die in der schleimigen Masse aus zerbrochenen Eiern liegen.

»Und ich, ich habe dir schon hundert Mal gesagt, dass du nicht Plattdeutsch mit mir reden sollst! *Ich* komme aus der Stadt. Rede gefälligst deutsch mit mir!«

Schuldbewusst hebt Inge die Blumen auf, hält sie zwischen zwei Fingern von sich weg und folgt Doris beflissen in den Laden zurück.

»Das kommt alles nur, weil ich mich so aufregen muss.«

***

Auf dem Rücken des Pferdes fühlt Nora schmerzhaft jeden Schritt, den das Tier tut. Bei jeder noch so leichten Berührung ihres Körpers mit dem der Stute empfindet sie, als würden sich die Nähte ihrer Hose ins eigene Fleisch einbrennen. Nora bemüht sich, keine Miene zu verziehen, will sich gegenüber Klaus Schönborn nichts anmerken lassen und konzentriert sich auf die Anweisungen, die er ihr gibt.

»Nicht klemmen!«, wiederholt er. Doch es gelingt Nora nicht, die Schenkel zu lockern, verkrampft drückt sie sie in die Seiten des Pferdes – aus Angst hinunterzufallen. Es hatte sie überrascht, dass Schönborn für die erste gemeinsame Reitstunde diese Lichtung im Wald vorgeschlagen hatte. Nora war davon ausgegangen, dass sie zuerst auf dem Voltigierplatz bei seinem Haus üben würden. Klaus Schönborn reitet auf seinem Hengst Aramis neben ihr her und wirkt, als wäre Reiten die einfachste und natürlichste Sache der Welt. Nora dagegen konzentriert sich darauf, wegen der Schmerzen in ihren Innenschenkeln nicht aufschreien zu müssen. Sie zügelt das Pferd und ist überrascht, als dieses riesige Tier tatsächlich im nächsten Moment stehen bleibt. »Wenn wir hier schon vorbeikommen, sollten wir meiner Mutter ein paar Blumen aufs Grab bringen. Findest du nicht auch?«

Nora unternimmt einen Versuch, lässig vom Pferd zu steigen. Doch sie weiß nicht, wie es ihr gelingen könnte, ihr Gewicht nur auf ein Bein zu verlagern und dabei gleichzeitig das andere Bein über den Sattel zu heben. Schönborn ist ihr sofort behilflich, hält sie an der Taille und hebt sie vom Pferd hinunter. Einen Moment lang zögert er, Nora loszulassen. Sie übergeht dies lächelnd. Er bemerkt, wie sehr sie sich bemüht, trotz ihrer Schmerzen in Beinen und Gesäß aufrecht und gelassen am Waldrand Blumen zu pflücken. »Wenn wir das nächste Mal ausreiten, dann leihe ich dir vernünftige Sachen aus! Irene hat bestimmt noch ein paar Hosen herumliegen, in die sie inzwischen nicht mehr hineinpasst.«

Nora sieht sich nickend zu Klaus Schönborn um. Aramis knabbert der regungslos verharrenden Stute am Hals. Nora steckt eine einzelne Klatschmohnblüte zwischen die Feldblumen und Gräser in ihrer Hand. Plötzlich entdeckt sie am Rand der Schonung eine große, purpurfarbene Pflanze – mehrere glockenförmige Blütenkelche an einem dicken Stil. Nora steigt durch das hohe, trockene Gras. Ihre Hosenbeine bleiben zwischen Kletten und anderem Gestrüpp hängen. Es ist schwierig, die Blume zu pflücken. Nora ringt mit beiden Händen mit dem kräftigen Stil. Saft quillt aus der Pflanze, als Nora die lange Blüte abreißt. Diese Glockenblume macht aus dem eher farblosen Strauß ein faszinierendes Gebinde. Nora jedoch ist der Gedanke plötzlich unangenehm, dass sie diese schöne Pflanze nur mit Gewalt erlangen konnte.

Sie hält Klaus Schönborn den Strauß hin.

»Hier, die Blumen darfst du aufs Grab stellen. Du hast meine Mutter doch viel besser gekannt als ich, oder?«

Schönborn zieht abwehrend die Hände weg.

Nora beobachtet dies mit Interesse, denn plötzlich fühlt sie sich wieder an ihr Vorhaben erinnert, daran, weshalb sie nach Wolfshagen gekommen war, wofür sie eigentlich auch diesen so genannten Reitunterricht nutzen wollte.

Schönborn ist einer der drei Männer, der für den Mord an Helga Herbst in Frage kommt. Sobotta, Pösel – und Schönborn. Auch wenn Klaus der Mann ist, den Nora am wenigsten von allen überführen möchte. Für sie bleibt immer noch Sobotta der Hauptverdächtige, so wie der sich verhalten hatte. Sobotta, das Schwein. Dass Klaus Schönborn allerdings abweisend reagiert, als sie ihn bittet, ihrer Mutter Blumen ans Grab zu bringen, irritiert sie. Nora hält ihm auffordernd den Strauß vors Gesicht.

»Was ist denn los? Hast du Probleme damit?«

»Probleme? Ich? Ich doch nicht. Aber in dem Strauß steckt Fingerhut.«

»Na und?«

»Das Zeug steht unter Naturschutz, was mir ehrlich gesagt egal ist. Aber Fingerhut ist total giftig. Wenn du davon etwas in den Mund bekommst, kannst du elendig dran krepieren.«

Augenblicklich spürt Nora den klebrigen Saft des Fingerhuts, der in ihrem Ärmel vom Handgelenk aus über den Unterarm hinunter zum Ellbogen fließt. Angeekelt steht sie mit weggestrecktem Arm da, unschlüssig, etwas zu tun. Mit zwei Fingern zieht Schönborn die dicke Fingerhutblüte aus dem Strauß heraus. Die Stute beugt ihren Kopf über die weggeworfene Pflanze, doch nachdem sie nur kurz daran gerochen hat, wendet sie sich schnaubend ab.

Schweigend führen Nora und Schönborn ihre Pferde den Weg zum Friedhof entlang. Nie vorher war Nora bewusst gewesen, wie groß Pferde eigentlich sind. Sie empfindet Respekt vor diesen Tieren.

***

Der Wolfshagener Friedhof ist sehr klein. In Hamburg geht sie manchmal auf dem Ohlsdorfer, dem größten und wohl schönsten Friedhof Europas spazieren. Ein Ort, der sie magisch anzieht und eher wie ein riesiger Park als ein Friedhof ist, dessen Atmosphäre durch üppige Rhododendronbüsche und weiße Skulpturen geprägt wird. Als Nora nun die schmalen, frisch geharkten Wege des Wolfshagener Friedhofs betritt, überkommt sie unerwartet ein Gefühl von Zuhausesein, von Zugehörigkeit. Die Abendsonne scheint auf die eng aneinander liegenden Grabstätten, ein paar Insekten sammeln sich in den letzten, warmen Lichtstrahlen des Tages. Den einzigen hohen und besonders glänzenden Stein hat ein plattdeutscher Dichter auf seiner Ruhestätte stehen. Da er vor zweihundert Jahren in Tangendorf geboren wurde, war es sein Wunsch, auch hier begraben zu sein.

Nora fällt ein noch frisches Grab auf: *»Nico. 1983–2001.«*

»Warum?«, steht auf der Inschrift. Nico hat sich wahrscheinlich auf dem Weg zur Disco totgefahren. Manchmal sind die Wege zwischen den kleinen Hecken, mit denen fast jeder hier die Ruhestätte seiner Familienangehörigen abgegrenzt hat, so eng, dass Schönborn Nora sehr nah kommt. Nora bemerkt, dass Klaus Schönborns Schritte immer verhaltener werden, je mehr sie sich dem Grab ihrer Mutter nähern.

»Liegen hier auch Angehörige deiner Familie?«

»Nein. Irenes Eltern, die liegen dahinten irgendwo, denke ich mal.«

»Du mochtest sie nicht.«

»Sie mochten mich nicht. Dass ihre einzige Tochter ausgerechnet einen Tunichtgut wie mich nach Hause bringen musste, das hat sie fast umgebracht.«

Schönborn lacht kurz auf.

»Man könnte sagen: Einen Schwiegersohn wie mich zu haben, das hat sie ins Grab gebracht.«

»Weshalb denn?«

»Ihrer Ansicht nach habe ich einfach nicht hierher gepasst. Das ist alles. Fertig.«

Nora besieht unschlüssig den Blumenstrauß in ihrer Hand. Innerhalb weniger Minuten sind fast sämtliche Gräser welk geworden, die Klatschmohnblüte hat, bis auf eines, alle roten Blätter verloren. Schönborn redet wie für sich selbst.

»Wenn du so willst, waren wir uns ähnlich, deine Mutter und ich. Sehr ähnlich sogar. Nach Ansicht der Leute passte auch sie nicht hierher. In dieses Leben, das man hier zu führen hat. Ich habe sie sehr gemocht, deine Mutter. Sie war eine tolle Frau, das kannst du mir glauben. Ein Traum von einer Frau war sie. Jeder von uns, jeder Mann war heimlich ein bisschen verliebt in sie. Das war nicht einfach für deine Mutter – und für deinen Vater. Und für die Leute im Dorf auch nicht. Wenn jemand anders ist, dann zieht dies die Leute an. Und es stößt sie gleichzeitig ab. Deine Mutter hat sehr darauf geachtet, sich nicht anzupassen, sie wollte bleiben, wie sie war. Das hat ihr das Leben hier nicht einfacher gemacht. Das kannst du mir glauben. Du bist ihr sehr ähnlich. Du wirst auch Ärger bekommen, wenn du nicht aufpasst . . .«

Nora nimmt die letzten Sätze Schönborns nicht mehr wahr.

»Jetzt sieh dir das an! Das ist ja ein Ding, da hat aber einer ein schlechtes Gewissen!«

Auf dem Grab ihrer Mutter, dem eigentlich unscheinbarsten, steht ein großer, frischer Strauß Blumen. Gartenblumen. Wunderschön. Nora spürt Aufgeregtheit. Und Freude. Meint, ihrem Ziel ein Stück näher gekommen zu sein, weil dieser Strauß etwas Konkretes ist. Weil sie endlich weiß, wonach sie suchen soll? Weil sie ihren Vater nun tatsächlich als mutmaßlichen Täter vergessen kann. Und ebenso Klaus Schönborn ... Eilig greift sie nach dem Strauß Gartenblumen und drückt Schönborn den ihren, die welken Wald- und Wiesenblumen, in die Hand. Nora läuft in Richtung Dorf. Klaus sieht unschlüssig zu seinen beiden Pferden, die er hinter dem Friedhof an einem Baum festgebunden hat.

»Wo willst du denn hin? Verdammt noch mal!«, ruft er Nora nach. Sie dreht sich nicht mehr zu ihm um.

***

Eigentlich hatte sie beabsichtigt, den Edeka unbeachtet links liegen zu lassen, doch während Nora an ihm vorbeieilt, fallen ihr die beiden Blumeneimer, die auf der Stufe zum Geschäft stehen, auf. Mindestens zehn Sträuße wie der, den sie auf dem Grab ihrer Mutter gefunden hat, sind darin. Vergleichend hält sie ihre Blumen gegen die in den Eimern. Als Nora aufgeregt den Laden betritt, bemerkt sie, dass Frau Pösel und Frau Liebenthal ihr Kommen längst beobachtet haben. Inge Liebenthal hat einen Wischeimer neben sich stehen, in dem im schmutzigen Wasser Eierschalen schwimmen.

Nora möchte wissen, wer die Blumen, die vor dem Laden zum Verkauf stehen, geliefert hat.

Doris Pösel sieht Inge Liebenthal leicht triumphierend an. »Die sind schön, nicht wahr. Die sind aus meinem Garten. Eigene Ernte sozusagen.«

»Und wer hat heute schon einen Strauß davon gekauft?«

»Verkauft habe ich noch keinen einzigen davon, leider, aber das passiert schon noch. Willst du einen?«

Nora spürt, dass sie die beiden Frauen durch ihre Fragen irritiert.

»Haben Sie vielleicht einen von den Sträußen verschenkt? Oder Ihrem Mann einen mitgegeben?«

Doris Pösel wird laut und höhnisch.

»Damit mein Mann dir ein paar Blümchen schenkt, oder was?«

Nora lächelt.

»Oder sie heimlich aufs Grab meiner Mutter stellt . . .«

Doris Pösel vergisst sich einen Moment lang und tippt sich an die Stirn. Ihre Stimme klingt jetzt schrill.

»Und warum sollte mein Mann wohl so etwas tun?«

Nora zieht viel sagend die Schultern hoch. Inge Liebenthal greift sich den Wischeimer und eilt damit nach hinten ins Lager. Nora sieht sich hilflos um, sie weiß nicht recht, wie sie jetzt weiter vorgehen soll. Wie bewegt man jemanden in einer Sache, die zwölf Jahre zurückliegt, zum Reden? Noch dazu jemanden, der nicht reden will? Nora nimmt eine Frauenzeitschrift aus dem Regal neben dem Eingang. Während sie langsam darin blättert, so als würde sie nach etwas suchen, blickt sie immer wieder zu Doris Pösel. Die erwidert regungslos ihren Blick. Als Inge Liebenthal in den Verkaufsraum zurückkehrt, nimmt Nora den anonymen Brief aus ihrer Hosentasche und tut so, als vergleiche sie die ausgeschnittenen, aufgeklebten Buchstaben mit denen in der Zeitschrift. Inge Liebenthals Augenlider zucken nervös. Immer wieder sieht sie zu Doris. Nora nimmt eine weitere Zeitschrift aus dem Regal.

»Vielleicht hat Ihr Mann ja Blumen an das Grab meiner Mutter gebracht, weil ihn das schlechte Gewissen plagt. Ich sehe doch, wie nervös ihr werdet, weil ich immer noch hier bin – in eurem schönen Wolfshagen!«

Frau Pösel tritt hinter der Kasse hervor. Aus einem dekorativ aufgebauten Korb, in dem sie Petersilien- und Karottensamen zum Verkauf anbietet, sucht sie ein paar Tütchen hervor.

»Lachhaft, was du dir bloß einbildest. Du bist ja verrückt, bist du! Diese Blumen, ja, die ich hier verkaufe, die hat jeder in Wolfshagen, verstehst du. Das ist unsere berühmte Sommermischung. Albern ist das, wie du die Leute beschuldigst, anstatt dich zu freuen, dass jemand so nett war, auf das verlotterte Grab deiner Mutter ein paar Blumen zu stellen. Alles was von deiner Familie bei uns im Dorf übrig geblieben ist, ist verlottert. Guck dir euer Haus an. Und euren Garten! *Das* kann einen nervös machen! Eure Schlampenwirtschaft, die ihr uns hinterlassen habt!«

Frau Pösel drückt Nora mehrere Tüten Samen »Sommermischung« in die Hand.

»Hier, die schenke ich dir. Statt hier so viel dummes Zeug zu reden, solltest du endlich mal was in eurem Vorgarten tun!«

Etwas zu eilig verlässt Nora den Edeka. Ein paar Tüten fallen hinunter, sie hebt sie nicht auf. Die beiden Frauen sehen ihr nach.

»Der haben wir es gegeben. Die hat erst mal genug.«

***

Als sie am Morgen mit Schönborn in den Wald ausgeritten war, war es grau und diesig gewesen. Jetzt, am späteren Vormittag, löst sich der Nebel auf, wird es spätsommerlich warm. Beinahe heiß scheint die Sonne und lässt doch keinen Zweifel daran, dass es bald Herbst werden wird. Wolfshagen ist ein Straßendorf. Rechts und links ein paar Häuser. Sackgasse. Am Ende liegt nur noch der Friedhof. Die meisten, die nach Wolfshagen kommen, wollen zu einer Grabstätte, sie haben schon Bekanntschaft mit dem Tod gemacht.

Nora hat die Samentüten, die Frau Pösel ihr geschenkt hat, achtlos in die Jeans gesteckt und sucht nun in den einzelnen Vorgärten des Dorfes nach Blumen der Art, wie sie sie auf dem Grab ihrer Mutter gefunden hat. Sommermischung würde sie hier in jedem Garten finden, hatte Frau Pösel behauptet. Mit großer Enttäuschung muss Nora feststellen, dass die Frau nicht gelogen hat. Immer wieder hält sie den Strauß über die Jägerzäune, als könnte sie unter gleichen Blumen welche finden, die gleicher sind.

Erna, die alte Mutter von Inge Liebenthal, sitzt auf einer Bank vor ihrem Haus. Ohne hinsehen zu müssen schält sie Äpfel, kleine grüne, von einem der uralten, knorrigen Bäume, unter denen noch unzählige weitere liegen. Fast sieht es aus, als hätte der Baum die Früchte abgeworfen, sich seiner Kinder entledigt, weil es ihm in seinem hohen Alter längst zu anstrengend ist, sie noch länger durchzufüttern. Ein braunes Huhn stakt gackernd um die geschwollenen Knöchel von Erna Liebenthal und pickt zu Boden gefallene Apfelkerne auf.

Nora zögert nur kurz, bevor sie das niedrige Gartentor zum Grundstück öffnet. Unbeirrt lässt Erna lange Apfelschalenringe aufs Zeitungspapier fallen.

»Helga, meen Deern. Das ist aber schön, dass du mal bei mir langkiekst.«

Fast unmerklich rückt die kleine alte Frau auf der Bank ein Stück beiseite. Nora nimmt die Einladung an.

»Frau Liebenthal, darf ich Sie etwas fragen? Es liegt schon sehr lange zurück, aber Sie werden sich sicherlich noch daran erinnern können. Und mir helfen . . .«

»Helga, Kind, willst du einen Apfel?«

»Nein, danke. Es geht um das Dorffest. Vor zwölf Jahren, Sie wissen schon, damals, als meine Mutter . . .«

»Du bist so blass um die Nase, Kind. Du musst Äpfel essen. Ich sage immer zu meinem Ingekind: Willst du bleiben gesund im Kern, musst du essen Äppel gern!«

Erna hält Nora ein Stück geschälten Apfel hin, das so braun angelaufen ist, wie die mit den Jahren vom Arbeiten verfärbten Finger der alten Frau. Auch Erna steckt sich ein Stück Obst in den Mund. Nora kaut unwillig auf dem nach Gras schmeckenden Apfel.

»Ich wollte Sie fragen, ob Sie mir etwas erzählen können über . . .«

»Wo hast du denn die lütten Nora gelassen?«

»*Ich* bin Nora.«

Erna Liebenthal unterbricht das Äpfelschälen und sieht sie verständnislos an. Nora wischt sich die Augen, damit die alte Frau nicht bemerkt, dass ihr die Tränen kommen. War Erna Liebenthal eben noch eine große Hoffnung für ihr Vorhaben gewesen, würde sie die alte Frau nun am liebsten an den Schultern packen und so lange schütteln, bis diese ihr auf all ihre Fragen antwortet. Gleichzeitig spürt Nora, dass es an ein Wunder grenzt, wenn man in diesem Alter noch am Leben ist. Vielleicht ist es auch eine Gunst, wenn man wie Erna inzwischen alle schlechten Erinnerungen hinter sich gelassen hat. Die alte Frau strahlt die Ruhe eines Menschen aus, der nichts mehr erwartet und den nichts mehr erwartet außer der Tod. Nora kann sich an keinen einzigen Tag in ihrem eigenen Leben erinnern, an dem sie selbst so gelassen war. Sie fühlte sich, bei fast allem was sie tat, getrieben. Immer war sie bestimmt von Aufgeregtheit und Schuldgefühlen. Eigentlich erinnert Nora sich gar nicht mehr genau, wie es sich vor zwölf Jahren im Gerichtssaal tatsächlich zugetragen hatte. In zahllosen Nächten jedoch, in denen sie im Halbschlaf lag, lief dieser Film vor ihrem inneren Auge ab, Szene für Szene, und Nora baute ihre Schuldgefühle auf, bis ihre Rolle gegenüber ihrem Vater immer schwerwiegender, und verhängnisvoller wurde.

»Frau Liebenthal, ich, ich bin Nora. Meine Mutter ist doch schon lange tot!«

Die alte Frau greift erneut nach einem Apfel und schält jetzt hastiger als zuvor. Dabei schüttelt sie unaufhörlich den Kopf. Nora sieht, dass Inge Liebenthal die Dorfstraße entlang aufs Haus zugeeilt kommt. Schnell unternimmt sie noch einen weiteren Versuch, spürt gleichzeitig die Aussichtslosigkeit, die Albernheit dessen, was sie hier tut.

»Ich bin Nora! Wenn Sie etwas wissen sollten über den Tod meiner Mutter, dann müssen Sie es mir unbedingt sagen! Bitte!«

Inge Liebenthal schreit schon von Weitem:

»Lass sofort meine Mutter in Ruhe!«

Erna stampft mit dem Fuß auf. Nora ist überrascht, wie kraftvoll sie dies tut, mit den Beinen, die voller Wasser sind, in dicken Gummistrümpfen stecken und wie Fremdkörper an der sonst sehr zierlichen, alten Frau hängen. Noch einmal stampf Erna Liebenthal auf.

»Inge!«

Doch ihre Tochter hört nicht und ballt die Fäuste energisch in den Hüften.

»Das gibt es ja wohl nicht! Lass sofort meine Mutter in Ruhe! Was fällt dir ein, verdammt noch mal!«

Nora spürt die aufgerauten Steine der Hauswand in ihrem Rücken schmerzen.

»Ich wollte doch nur . . .«

»Verlass sofort unseren Hof!«

Nora steht betont langsam auf.

»Ich wollte doch nur mit Ihrer Mutter reden.«

»Du, du willst dich hier einschleichen und . . . und . . . So machst du deine Mutter auch nicht wieder lebendig!«

Erna Liebenthal wird laut.

»Inge! Nun lass doch mal die Helga in Ruh!«

»Ich bin nicht Helga!«

»Das ist nicht Helga!« entgegnen beide Frauen gleichzeitig und sehen sich feindselig an.

Erna denkt, sie hätte die sinnlose Attacke zwischen den Frauen nun endlich beendet und beginnt damit, wieder Äpfel zu schälen.

»Inge, und gib der Helga Äppel mit, bevor sie geht. Für die lütten Nora. Die isst wenigstens meine Äppel richtig gern.«

Nora verzieht das Gesicht zu einem triumphierenden Grinsen, während Inge hastig befolgt, was ihre Mutter befohlen hat. In einen Bogen Zeitungspapier wickelt sie ein paar der grünen, steinigen Äpfel und drückt Nora das Paket in den Arm. An der Seite rutschen einige Äpfel heraus. Das braune Huhn macht sich gackernd darüber her und bekommt zur Strafe von Erna Liebenthal einen Tritt versetzt. Nora geht mit aufgesetztem Lächeln vom Grundstück. Als sie sich noch einmal umdreht, sieht sie, dass Erna Liebenthal ihr zum Abschied nachwinkt. Nora winkt zurück.

***

Nun schon zum zweiten Mal kontrolliert Nora, ob die Haustür tatsächlich verschlossen ist. Kaum hat sie sich ein paar Schritte entfernt, geht sie wieder zur Tür zurück und drückt zur Kontrolle die Klinke hinunter. Als Ersatz für die defekte Milchglasscheibe hat sie in das kleine Badezimmerfenster ein Stück feste Pappe genagelt. Noch einmal sieht sie hinter alle Türen und lässt dann, wie jede Nacht, das Licht im Untergeschoss des Hauses brennen, als sie sich ins obere Geschoss zum Schlafen begibt. Sie weiß nicht, was ihr hier in Wolfshagen mehr zu schaffen macht – die Dunkelheit oder die Stille. Statt irgendwelcher Hinweise auf das zwölf Jahre zurückliegende Verbrechen, die sie erhofft hatte, auf dem Boden zu finden, ist sie auf einen alten Dualplattenspieler und ein paar verdreckte Schallplatten gestoßen. David Bowie und Phil Collins.

Die Nadel des Plattenspielers ist stumpf, die Platten sind nicht mehr sauber zu bekommen. Nora hat die Anlage trotzdem in ihrem Zimmer aufgebaut – gegen die Stille. Vergeblich versucht sie sich daran zu erinnern, ob ihre Eltern diese Musik hörten. Der Gedanke jedoch, dass ihre Eltern sich damals für diese heute noch bekannten Musiker begeistern konnten, scheint ihr fremd. Über die Musik der gleichmäßig knackenden Schallplatte hinweg hört Nora plötzlich ein Geräusch. Ihr Kater, der auf der Matratze neben der alten, blonden Puppe döst, schreckt auf. Durch die Scheibe kann Nora nichts erspähen. Zögernd öffnet sie das Fenster und sieht hinaus – nur

Schwärze. Auf der gegenüberliegenden Straßenseite im Haus der Schönborns brennt noch in einem einzigen Zimmer Licht. Nora schließt ihr Fenster und sieht hinüber. Gedankenverloren zieht sie sich aus, den Blick auf Schönborns Haus gerichtet. Wieder scheint ihr das Licht dort der einzige Beweis zu sein, dass sie nicht allein ist, dass es tatsächlich Leben und auch Sicherheit in dieser Nacht, in diesem Dorf, gibt. Nora spiegelt sich im Fensterglas. Mit nacktem Oberkörper bleibt sie noch lange so stehen und sieht hinüber zu Irene Schönborn – und Klaus. Die Plattennadel verfängt sich in einer Rille und wiederholt immer wieder dieselbe Passage des Liedes. Der Kater springt vom Bett auf und läuft aufgeregt vor der Zimmertür hin und her. Nora nimmt das Tier und geht mit ihm zusammen ins Badezimmer hinunter, in dem es ungemütlich klamm ist. Über Jahre hat der tropfende Wasserhahn im Waschbecken eine rostige Spur hinterlassen. Nora setzt den Kater auf den Boden. Er macht einen Buckel, faucht und verschwindet unter der Badewanne.

Nora fragt ihn belustigt, ob er nun auch schon anfange, Gespenster zu sehen. Als sie sich die Zähne putzt, summt sie laut und betrachtet dabei ihr Gesicht im halb blinden Spiegel. Etwas streift schmeichelnd um ihre Füße. Nora glaubt, es sei ihr Kater. Als er jedoch von der Wanne her miaut, sieht Nora zu ihren Füßen hinunter. Eine Ratte! Es dauert eine Weile, bis Nora begreift. Dann schreit sie. Mit einem Handtuch schlägt sie nach dem Tier und drückt sich panisch in die Toilettenecke. Eine zweite Ratte springt vom Spülkasten an ihren Körper und versucht sich, selbst in Panik, zwischen Noras Hals und Brust festzukrallen. Verzweifelt versucht Nora, das Tier wegzuschlagen, doch ihre Hände versagen kläglich. Erst als sie sieht, dass sich die andere Ratte ihrem Kater gefährlich nähert, wird Nora aggressiv.

***

Sie fragt nicht, weshalb Klaus Schönborn so früh am Morgen vor ihrer Haustür steht, sondern ist nur darüber erleichtert, dass er vorbeigekommen ist. Die ganze Nacht hatte Nora dagesessen und auf die beiden toten Ratten in ihrem Badezimmer gestarrt. Hatte sich ausgemalt, wie es wäre, wenn sie zu Klaus und Irene hinüberlaufen würde, weil sie es in ihrem Haus nicht mehr aushielt. Doch sie war wie gelähmt gewesen, später dann kam sie sich selbst lächerlich vor. Auslachen würden die anderen sie, weil sie wegen solch einer Lappalie, wegen zwei kleinen Ratten, in Panik geraten war. Mit Beklemmung dachte sie darüber nach, dass sie tatsächlich in der Lage gewesen war, die Tiere zu erschlagen. Sie hatte zugeschlagen – bis zu deren Tod. Nora kam der Gedanke, wie einfach es sein könnte, einen Menschen umzubringen. Furchtlos. Das Einzige, was man fürchten musste, war das Entdecktwerden, waren die Leute und ihr Gerede – die Verurteilung. Doch die Tat an sich? Wenn man einen guten Grund hatte?

Schönborn fragt nichts. Er dreht den Kopf einer der beiden Ratten zur Seite. Dicke, weißliche Flüssigkeit dringt aus deren Maul hervor.

»Die hättest du gar nicht totschlagen müssen. Die wären von ganz allein krepiert. Die wurden vergiftet, die verdammten Viecher.«

Nora hockt sich neben Schönborn. Die Kratzwunden an ihrem Hals brennen. Klaus' Frage dringt nur noch wie von Weitem zu ihr hin.

»Hast du Rattengift im Haus ausgelegt?«

»Ich habe gar nichts gemacht. Nur mit dem Handtuch habe ich ... Sie wollten meinen Kater beißen. Vielleicht haben sie ihn sogar gebissen. Und mit Tollwut angesteckt.«

Ohne es wahrzunehmen reibt Nora sich immer wieder über die Wunden am Hals. Schönborn fasst nach ihrer Hand und zieht sie mit zu sich hoch, als er sich aufrichtet.

»Du solltest das hier sehr ernst nehmen. Ratten sind sehr scheue Tiere, normalerweise. Die haben nicht freiwillig in deinem Badezimmer verrückt gespielt. Es geht nicht um deinen Kater, verstehst du, es geht um dich. Du solltest dorthin zurückkehren, wo du hergekommen bist. Geh lieber weg aus Wolfshagen.«

Nora ist müde. Sie muss sich zusammenreißen, um vor diesem Mann nicht vor Erschöpfung zu heulen. Sie sehnt sich danach, von jemandem in den Arm genommen zu werden.

»Das könnte euch so passen. Ich bleibe hier. Mir macht das alles nichts aus!«

Schönborn hält ihre fahrige Hand fest, hindert sie daran, die Wunden am Hals zu kratzen.

»Wenn es nach mir ginge, ich habe nichts gegen dich. Aber sieh dich doch mal an. Du kannst nicht länger in diesem Haus wohnen. Geh in die Stadt zurück, dorthin, wo das Leben ist.« Schönborn streicht vorsichtig über die Wunden auf Noras Dekolletée. Sie greift nach seiner Hand, damit er die Berührung unterlässt. Schönborn nimmt die andere Hand und setzt das Streicheln fort. Nora greift halbherzig auch nach dieser Hand. Zitterten ihre Lippen eben noch vor Erschöpfung, kommt ihr nun die Situation, hier in diesem elendigen Badezimmer zusammen mit diesem Mann zu stehen, absurd vor. Sie muss lachen.

»Es ist doch gar nichts los! Zwei tote Ratten, die, was weiß ich wo, Gift gefressen haben!«

Schönborn küsst ihren Hals. Einen Moment lang lässt Nora sich das gefallen, dann wehrt sie ihn grob ab. Kommentarlos greift er die beiden Ratten.

»Wie du meinst. Ich muss los, müsste längst weg sein. Man wird sonst die Treibjagd noch ohne mich anblasen.«

»Weshalb bist du eigentlich hergekommen?«

»Um mir deinen Hausschlüssel zu holen, damit ich bei Gelegenheit mal nach deinen alten E-Leitungen sehen kann.«

Nora folgt Klaus zum Hauseingang und steckt ihm dort den Ersatzschlüssel in die Hosentasche. Aus den toten Ratten tropft weißer Schleim auf den Fußboden.

»Komm doch mit zur Treibjagd«, sagt Klaus.

»Nein, lieber nicht. Ich habe für heute genug von toten Viechern.«

Schönborn zuckt mit den Achseln. Nora bleibt im Rahmen der Tür stehen und sieht ihm nach. Er wirft die Kadaver auf den Müllberg auf ihrem Grundstück und sieht sich nicht mehr zu ihr um.

***

Es ist ein schöner Morgen, sonnig und friedlich, denkt Nora. Und was soll schon sein? Zwei Ratten, die sich, nachdem sie irgendwo Gift geschluckt hatten, in Noras Haus verlaufen haben. Sie wünscht sich zu schlafen, auszuschlafen, als sie, der Spur der weißen Schleimtropfen folgend, zurück ins Badezimmer kehrt. Als sie das Fenster öffnet, fällt ihr auf, dass die Pappe darin nicht mehr vollständig befestigt ist. Einen Moment lang noch versucht sie, die Möglichkeit in Betracht zu ziehen, dass diese provisorische Fensterverkleidung sich von selbst gelöst haben könnte, weil die Nägel, mit denen sie sie von innen festgemacht hatte, noch in der halb herunterhängenden Presspappe stecken. Die Spuren vor dem Haus deuten jedoch auf etwas anderes hin. Jemand hat direkt an der Wand unter dem Badezimmerfenster die verwilderten Pflanzen breitgetreten und seine Schuhabdrücke in der feuchten Erde des Vorgartens hinterlassen. Nora spürt die Kälte des Bodens an sich hinaufkriechen, fröstelnd zieht sie den Bademantel über ihrem Körper zusammen. Ein Jeep rast die Dorfstraße entlang. Danach ist es wieder still und verlassen in Wolfshagen. Totenstill. Kein einziger Hund kläfft Die Häuser wirken, als wären sie unbewohnt. Nora beschließt, Schönborn zu bitten, das Badezimmerfenster zu sichern. Die Öffnung ist zwar zu klein, als dass sich ein Mensch dort hindurch ins Haus schleichen könnte, doch Nora ist sich jetzt sicher, dass Sobotta derjenige war, der ihr die toten Ratten ins Haus gebracht hat.

Warum möchte er sie unbedingt vergraulen? Was hat er Helga Herbst vor zwölf Jahren angetan? Dass sie Sobotta nicht einfach zur Rede stellen kann, weiß Nora inzwischen. Sie braucht unbedingt einen Plan. Doch im Moment ist sie viel zu müde, um nachdenken zu können. Das Dorf ist wie ausgestorben, weil alle Einwohner sich zur großen Treibjagd aufgemacht haben. Nora kann also erst einmal ganz in Ruhe ausschlafen und danach wird sie nachdenken. Auf dem Weg zurück ins Haus fällt ihr Blick auf eine Flasche, die im Gebüsch liegt. Im ersten Moment glaubt Nora, sie vor ein paar Tagen, als sie das Haus von Unrat entrümpelt hat, selbst dorthin geworfen zu haben. Doch dann erinnert sie sich, woher ihr die Flasche bekannt vorkommt. Horst Pösel hatte eine solche aus seinem Auto mitgebracht, als er ihr half, die Aufschrift »Mörder« von der Hauswand zu entfernen. Er, Horst Pösel, muss mit dem Gift – und den Ratten – noch einmal zurückgekommen sein . . .«

***

Klaus Schönborn küsst seine Frau auf die Wange. Sie hat im Wald einen Getränkestand aufgebaut, an dem vor allem Schnäpse in kleinen und großen Flaschen angeboten werden, denn die meisten Jäger trinken gerne einen Schnaps, bevor das Treiben beginnt. Irene ist verwundert darüber, dass Klaus sie auf die Wange küsst, eine ungewohnte Geste ihres Mannes.

Fred Feske teilt an die Treiber Schlagstöcke und orangefarbene Westen aus. Die meisten der Männer kommen aus Nachbardörfern. Viele haben zur Verstärkung ihre Ehefrauen mitgebracht. Und ihre Hunde. Ihre Autos haben sie kreuz und quer am Waldrand geparkt. Die beiden größten Jeeps gehören zwei Hamburger Jägern, die, wie jedes Jahr, als Gäste zur Treibjagd eingeladen wurden. Diese beiden Männer lassen sich von Irene silberne Flachmänner mit »Jägermeister« auffüllen. Erst als sie sich damit weit genug entfernt haben, entschuldigt sich Klaus bei seiner Frau.

»Tut mir Leid, dass ich so spät komme und dir nicht beim Standaufbauen helfen konnte. Ich wurde aufgehalten.«

Irene sieht ihren Mann nicht an, sondern rückt auf ihrem Verkaufstisch unablässig Gläser und Flaschen zurecht.

»Ich kann mir schon denken, wer dich aufgehalten hat. Du hättest sie ruhig mitbringen können . . .«

Klaus beobachtet, wie Nora in ihrem Auto den Waldweg entlang gefahren kommt. Sie parkt an vorderster

Stelle und steigt aus. Sie spürt die Wirkung, die ihr bloßes Erscheinen bei den Männern auslöst. Zu ihrer Unsicherheit mischt sich ein Gefühl von Genuss. Wusste sie eben noch nicht genau, was sie hier im Wald tun sollte, begibt sie sich nun entschlossen zu Fred Feske, um sich von ihm eine Weste und einen Schlagstock zuteilen zu lassen. Feske sieht fragend zu Manfred Sobotta, als bräuchte er dessen Einverständnis, bevor er Nora die Sachen fürs Treiben aushändigt. Noch während Nora die Weste überzieht, marschiert sie mit einem Lächeln gezielt auf Horst Pösel zu. Der ist wie gelähmt, als Nora ihn auf die Wange küsst. Was sie dann laut, so laut, dass die meisten der Umstehenden es verstehen können, redet, begreift er nicht.

»Du hast mir ja in der letzten Nacht eine tolle Überraschung bereitet . . .«

Sie kommt Pösel sehr nah, als sie sich süffisant lächelnd nach allen Seiten umsieht.

»Hatte ich heute Nacht einen Spaß. Deinetwegen.«

Pösel registriert den fassungslosen Blick seiner Frau. Er weicht vor Nora ein paar Schritte zurück.

»He, he, was redest du denn da! Bist du verrückt, oder was?«

Pösel spürt Schuldgefühle in sich aufsteigen. Die Leute. Was sollen nur die Leute von ihm denken? Nora hört jedoch noch nicht auf.

»Warum bist du denn so schnell wieder verschwunden?«

Klaus Schönborn ist derjenige, der der Szene ein Ende setzt. Er gibt den Bläsern ein Zeichen, die Jagd zu eröffnen. Mit einem lauten »Weidmannsheil« nehmen die Treiber und Jäger die Positionen ein, die ihnen zugeteilt worden sind. Eiliger als die anderen, nutzt Horst Pösel die Gelegenheit, auf seinen Platz zu kommen. Unsicher lächelt er seiner Frau zu und macht eine Geste, die bedeuten soll, dass Nora offensichtlich verrückt geworden ist. Doris Pösel jedoch wendet sich unbeeindruckt ab und versucht angestrengt, den Schmerz zu verbergen, den ihr ihr Horst soeben durch die Szene zugefügt hat. Was sollen bloß die Leute denken?

Priska und Gabi kommen mit tröstenden Absichten auf ihre Freundin Doris zu, doch diese gibt ihnen zu verstehen, dass sie jetzt auf gar keinen Fall über das Geschehene reden möchte.

Auch Klaus Schönborn ist als Treiber eingeteilt. Nora begibt sich an seine Seite und fragt ihn, warum er kein Jäger geworden ist.

»Ich hasse diese Abknallerei. Ich brauche dieses Mackergehabe nicht. Ich habe meine Pferde.«

»Aber mitmachen tust du. Treibst denen die Tiere direkt vors Gewehr.«

»Wenn du hier leben müsstest, würdest du so auch einiges mitmachen. Aber du, du haust demnächst wieder ab. Du kannst also machen, was du willst. Ich dagegen muss hier leben.«

Mit großer Kraft haut Klaus Schönborn seinen Schlagstock gegen die Bäume. Nora versucht es ihm nachzumachen. Weil das Unterholz dicht und hoch ist und sie sich immer wieder mit den Beinen darin verfängt, kann sie mit den übrigen Treibern kaum Schritt halten. Ihre Arme werden kraftlos. Das Schlagen wird immer lauter. Undeutlich sind schon die Männer und Frauen auf der gegenüberliegenden Seite des enger werdenden Kreises auszumachen. Sollte sich in diesem Waldabschnitt ein Stück Wild befinden, wird es nicht mehr entkommen, sondern nur noch auf die Reihe Jäger zulaufen können, die mit ihren in Anschlag genommenen Gewehren genau auf diesen Moment warten. Die Jagdhunde werden es vor Erregung kaum noch neben ihren Herrchen sitzend aushalten können, doch sie haben gelernt, einen Befehl abwarten zu müssen, bevor sie ihrem Trieb folgen dürfen. Jagdfieber. Auch Nora verspürt ein Gefühl, das sich aus freudiger Spannung und Abgestoßenheit zusammensetzt.

Nur wenige Meter entfernt springt plötzlich ein Reh auf. Wie lange mag es dort schon voller Todesangst Deckung gesucht haben, in der vergeblichen Hoffnung, das Unheil würde an ihm vorbeiziehen? Das Reh flüchtet in eine Richtung, die ihm als Ausweg erscheint, weg von den mit Stöcken bedrohlich schlagenden Treibern – direkt auf die Jäger zu. Fast synchron legen die Männer die Flinten an. Als hätte das Reh begriffen, was vor sich geht, verharrt es im nächsten Augenblick, dreht sich panisch um und läuft dann in die andere Richtung – direkt auf Nora zu, als wüsste es, dass hier eine durchlässige Stelle sein könnte. Hiflos sieht Nora Schönborn an, doch der breitet seine Arme aus und verkleinert so den Abstand zwischen ihr und dem Treiber neben ihm. Wieder verharrt das Reh und läuft zurück in Richtung Jäger. Auf Manfred Sobotta zu. Der schießt. Das Reh überschlägt sich und fällt zu Boden. Erschrocken über den lauten Knall reißt sich Nora die Hände vors Gesicht, nimmt diese dann schnell wieder weg, damit sie den anderen gegenüber nicht ängstlich wirkt. Außer Schönborn, der dies lächelnd beobachtet hat, wird Nora jetzt allerdings von keinem der anderen Männer Aufmerksamkeit zuteil. Das Reh versucht aufzustehen, doch es ist zu schwach, auch nur den Kopf zu heben. Die Augen weit aufgerissen kämpft es um sein Leben. Kämpft es gegen den Tod. Jäger und Treiber sehen ihm gebannt zu und sind voller Erwartung, mit welch weidmännischem Können der Schütze die Sache zu einem Ende bringen wird. Das Publikum genießt den Augenblick, als Sobotta sein Weidmesser aufklappen lässt und den ersten Schritt auf das Reh zu macht. Seinen aufgeregten Hund hält er nur dadurch bei Fuß, dass er ihm grob in die Seite tritt.

Plötzlich aber reißt sich Fred Feskes Hund los, stürzt, die Leine hinter sich herziehend, auf das Reh zu und verbeißt sich in dessen Kehle. Der Hund zerrt am Hals des Rehs. Der Atem des angeschossenen Tieres dampft in der morgendlichen Luft. Immer wieder brüllt Feske:

»Ajax!«

Doch Ajax hört nicht. Die übrigen Jäger schimpfen vor sich hin. Das Spiel ist verdorben.

Feske ist es peinlich, denn wenn ein Hund nicht auf seinen Herren hört, dann ist das Beweis dafür, dass der Herr versagt hat. Brüllend marschiert er auf Ajax zu. Ajax lässt von dem Reh ab und trottet mit hängendem Kopf, als ahne er, was ihm nun bevorsteht, zu Feske zurück. Sobotta begibt sich zu seinem Stück Rehwild und sticht es ab. Das Reh atmet ein letztes Mal aus. Die Augen weit aufgerissen bleibt es liegen. Unter den Jägern hat die Spannung längst nachgelassen. Feske muss sich höhnische Kommentare anhören. Ajax sitzt ergeben winselnd vor seinem Herrn, als der sich zu ihm niederhockt und ihm grob an die empfindliche Nase greift. »Sollst du so etwas machen, du blöder Köter. Sollst du das? Mach das ja nie wieder . . .«

Der Hund quiekt vor Schmerzen. Das zustimmende Nicken der umstehenden Jäger treibt Feske an, Ajax noch länger zu quälen. Nora erträgt nicht, dies mit anzusehen.

»Hören Sie auf! Lassen Sie gefälligst den Hund in Ruhe!«

Feske grinst Nora an und greift seinem Hund erst recht noch einmal an die empfindliche Nase.

Ajax winselt erbärmlich, wagt sich jedoch nicht fort von seinem Herren. Nora stößt Feske weg, der fällt zur Seite auf den Waldboden. Sofort verteidigt Ajax seinen Herren, beißt Nora in die Wade und lässt sie nicht mehr los. Nora schreit vor Schmerzen. Feske unternimmt nichts. Klaus Schönborn ist es, der über dem Kopf des Hundes seine Hand flach erhebt.

Nach wenigen Sekunden des Zögerns, in denen der Hund immer wieder mit rot unterlaufenen Augen zu Schönborns Hand aufsieht, lässt Ajax von Nora ab und legt sich flach auf den Boden. Aus Noras zerbissenem Hosenbein sickert Blut. Die Bläser setzen die Jagdhörner an, um die Treibjagd abzublasen. Sobotta steckt dem Reh, das er erlegt hat, einen Tannenzweig ins Maul und erweist dem Tier dadurch die letzte Ehre.

***

Jedes Mal bin ich diejenige, die die Zwiebeln schneiden muss. Obwohl ich davon so doll heulen muss, kommen die anderen nie auf die Idee, mich auch mal das Fleisch schneiden zu lassen. Aber ich rege mich nicht auf. Ich versuche immer, die Tränen zu unterdrücken, doch es gelingt mir nicht. Bei den Mengen Zwiebeln würden die anderen auch heulen, das wette ich. Priska hat immer die größte Klappe – beim Reden und beim Essen, aber nur dann, wenn ihr Fredi nicht in der Nähe ist. Wenn der kommt, dann ist sie das Mäuschen, weil er sie sonst so fertig macht. Gemein ist der. Priska hat von nichts eine Ahnung, die weiß gar nichts. Ich weiß alles. Fast alles! Aber Priska, die reißt das Maul auf, weiß gar nicht, in wessen Kerbe sie haut, in welcher Wunde sie bohrt.

»Das geschieht der Nora ganz recht«, hat sie beim Gulaschvorbereiten immer wieder gesagt. »Das macht das Flittchen nicht noch mal, dass es sich hier einmischt. Bei uns. Bei Fredi und seinem Hund. Und bei mir!«

Und die Irene, die hat auch keine Ahnung – von nichts. Aber sticheln, das kann sie. Man muss nur darauf warten, Irene findet immer eine Gelegenheit. Diesmal nahm sie sich Doris vor.

»Doris, was wollte die kleine Herbst denn vorhin von deinem Mann? Schleicht dein Horst bei der nachts ums Haus, oder was?«

Doris hat unaufhörlich Fleisch geschnitten, als würde sie gar nichts hören. Viel zu groß die Stücke, mussten wir alle nachschneiden. Gabi hat Doris beigestanden und hat sich die Irene vorgenommen.

»Pass du lieber auf deinen Klausi auf, Irene, der musste ja gleich wieder den Helden spielen ... Das kennen wir doch schon.«

Peng! Das hatte gesessen.

»Mein Klaus, der hat die Nora nur in die Klinik gefahren. Vielleicht hat der Köter von Fredi ja Tollwut. Wollt ihr zugucken, wie das Mädchen dran krepiert?«

»Dein Klaus – der Retter und Reitlehrer.«

»Er bringt ihr das Reiten bei, na und. Nichts weiter.«

Priska hat frech gegrinst.

»Das Reiten ... Ach, so nennt man das heute.«

Irene hat keinen Spaß mehr verstanden, wurde richtig sauer.

»Wartet nur ab. Eure Männer sind auch noch dran. Bis sie ihren Vater aus dem Knast hat, so lange wird sie es hier treiben. Einen nach dem anderen nimmt sie sich vor. Das verspreche ich euch.«

Priska har gar nicht bemerkt, wie sie sich vom rohen Rehfleisch ein Stück nach dem anderen in den Mund steckte.

Und Doris Pösel hat sich in den Finger geschnitten. Ihr Blut tropfte aufs dunkelrote Fleisch.

Und ich, ich musste heulen. Weil ich immer die Zwiebeln schneiden muss. Jahr für Jahr.

***

Der Kater liegt auf dem Tisch neben einem Berg Apfelschalen. Nora steht am Herd und brät sich Pfannkuchen. In einem Topf köchelt Apfelmus. Sie kann nicht gut kochen. In der Stadt ernährte sie sich in der Kneipe, in der sie häufiger jobbte oder nahm sich von unterwegs vom Imbiß etwas für zu Hause mit. Doch hier auf dem Dorf? Es war spät geworden, bis sie im Krankenhaus behandelt worden war. Man hatte ihr nur eine Spritze gegeben und die Wunde gesäubert und verbunden. In Gedanken fährt Nora noch einmal den Weg in die Klinik. Im Auto war es ihr peinlich gewesen, dass sie gegenüber Klaus Schönborn die starken Schmerzen kaum zu verbergen vermochte. Er fuhr sehr schnell, jede Erschütterung des Jeeps machte den brennenden Schmerz im Bein noch unerträglicher. Sie wünschte sich, dass er aufhörte zu schweigen, denn zu dem Gefühl der Dankbarkeit darüber, dass er sie zum Arzt fuhr, beschlich sie die Vorahnung, dass Klaus Schönborn wahrscheinlich einen Schritt zu weit gegangen war, als er sich sofort dafür angeboten hatte. Die Leute konnten sein Verhältnis zu Nora zweideutig auslegen. Das wollte sie nicht und das verursachte ihr Schuldgefühle. Im Auto neben ihm hoffte sie, er würde sie aufmuntern, ihr die Verunsicherung nehmen, doch sein Schweigen verriet ihr, dass er sich inzwischen auch dessen bewusst geworden war und wahrscheinlich bereute, in welche Situation er sich gebracht hatte. Wegen des stark pochenden Schmerzes im Unterschenkel ballte Nora während der Fahrt angestrengt die Fäuste. Schönborn bemerkte dies und meinte, dass sie sich den ganzen Kram selbst eingebrockt hätte. Nora fixierte die Silhouette der kleinen, vor ihnen liegenden Stadt und tat so, als würde sie Klaus' wiederholte seitliche Blicke nicht wahrnehmen. Alles lief falsch. Nora wusste plötzlich selbst nicht mehr, warum sie versucht hatte, Feskes Köter zu schützen und sich zum Dank dafür von diesem in die Wade beißen lassen hatte. Warum war sie überhaupt zu dieser Treibjagd gegangen? Sie hatte schlafen, ausschlafen und danach nachdenken wollen – über diese verdammten Ratten. Die nächtliche Aufregung jedoch schien ihr inzwischen verblasst gegen das jüngste Ereignis. Hatte sie Mitleid oder Schadenfreude aus Schönborns Stimme gehört, als er sie, kurz bevor sie das Krankenhaus erreichten, warnte, dass sie vermutlich gegen Tollwut geimpft werden müsse und ihr erzählte, dass er selbst einmal elf Spritzen bekommen hätte – große Dinger voller dicklicher, gelber Flüssigkeit, alle direkt in den Bauch. Bei Tollwut würde das so gemacht werden. Seine Behandlung läge allerdings Jahre zurück, sicherlich gäbe es inzwischen humanere Methoden. Nora dachte, dass »humanere« ein gutes Wort sei, und sie wünschte, dass die Klinik wieder in unerreichbare Ferne rückte. Als ihr Klaus auf dem Parkplatz aus dem Auto half, hörte sie sich sagen: »Vielleicht kannst du ja auch auf mich warten.«

Im Krankenhaus musste sie genaue Angaben darüber machen, welcher Hund sie gebissen hatte. War sie soeben noch erleichtert gewesen, weil man heutzutage nur noch eine Spritze – und nicht elf – gegen Tollwut verabreichte, setzten nun Skrupel ein, Feskes Hund zu verraten, denn das könnte zur Folge haben, dass das Tier eingeschläfert würde. Und wem würden die Wolfshagener die Schuld dafür zuschieben? Das Leben eines Hundes, dieses treu ergebenen Weggefährten des Menschen, zählte viel auf dem Lande, sehr viel. Schönborn aber beruhigte Nora. Sämliche Jäger im Umkreis seien mit dem Tierarzt gut bekannt und könnten bezeugen, dass der Hund nicht einfach so, sondern aus triftigem Grund zugebissen hatte. Ajax hatte doch nur seinen Herren verteidigen wollen. Nora war zu kraftlos gewesen, um zu widersprechen.

***

Der Geruch der Pfannkuchen mit geschmortem Apfelkompott könnte den Eindruck vermitteln, diese Küche sei ein warmer, familärer Ort. Als würden gleich lachende Kinder zur Tür herein gelaufen kommen – voller Vorfreude auf das Lieblingsessen, streitend darüber, wer den ersten Pfannkuchen bekäme.

Nora sieht ihren Vater vor sich, wie er der Mutter die Pfanne aus der Hand nahm und versuchte, den darin liegenden Eierkuchen zu wenden, indem er ihn in die Luft schleuderte. Nach drei ersten zaghaften Versuchen flog der Fladen endlich hoch – und klatschte dann allerdings neben die Pfanne. Noras Mutter lachte, bis ihr die Tränen kamen. Selten sah Nora ihre Eltern so albern und spürte in diesem Moment die Liebe zu ihnen beinahe körperlich – wie einen ziehenden Schmerz.

Der Geruch ihres Lieblingsessens erinnert sie daran, weshalb sie hierher nach Wolfshagen gekommen ist, gleichzeitig überkommt sie ein Gefühl von Verlassenheit. Klaus Schönborn ist momentan der einzige, mit dem sie sich verbunden fühlt.

Nora nimmt die Pfanne vom Herd. Die Küche hat sie etwas hergerichtet. Die Blumen vom Grab ihrer Mutter stehen auf dem Esstisch. Mutters Friedhofsblumen. Verunsichert nimmt Nora sie vom Tisch, stellt sie dann jedoch wieder zurück. Durch die Wärme des Herdes, die sich mit der feuchten Luft des Raumes vermischt hat, beschlagen von innen die Fensterscheiben. Es ist still im Haus, in jedem Raum brennt Licht. Gerade, als

Nora zu essen beginnt, hört sie draußen ein Geräusch. Sie greift nach einem großen Messer. Als sie leise aus der Tür tritt, entdeckt sie Arne Liebenthal, der versucht, durch das Fenster ins alte Wohnzimmer zu spähen.

Nora hält drohend das Messer in die Luft.

»Jetzt habe ich dich, du Schwein!«

Im nächsten Moment kommt sie sich albern vor, wie in einem schlechten Film, und weiß nicht, was sie jetzt noch Bedrohliches tun könnte. Ihr kurzer Auftritt zeigt jedoch Wirkung. Anstatt sie auszulachen oder einfach wegzurennen, sieht Arne sie wie paralysiert an. Nora tritt dicht an ihn heran.

»Warum schleichst du um mein Haus herum?«

Arne hält ihrem Blick nicht stand, zupft sich nervös am Oberlippenbart und bringt kein Wort hervor. Nora schreit. »Warum hast du mir diese verdammten Ratten ins Haus gesetzt?«

»Das war ich nicht!«

»Ach nein, wer dann?«

Er zuckt mit den Schultern. Arne ist nicht viel älter als Nora. Trotzdem hat sie als Kind nie mit ihm gespielt.

Sie war etwa fünf Jahre alt, als sie mit ihrem Vater auf dem Grundstück vor dem Haus stand, und Arne an der Hand seiner Mutter am Zaun vorbeiging. Arne trug ein Kopftuch. Nora sieht noch den hämischen Blick des Vaters vor sich, als er sagte: »Dem haben sie die Segelohren angelegt.«

Auch wenn Arne damals das Kopftuch nach wenigen Tagen nicht mehr trug, wurde er es für Nora sein Leben lang nicht mehr los.

Doch weshalb schleicht er nachts heimlich um ihr Haus? Wiederholt beteuert Arne, nichts gegen sie zu haben. Nora fragt, ob ihn jemand geschickt hätte, jemand, der sie loswerden will.

Arne scheint ahnungslos. Nora spürt, wie erschöpft sie ist. Auf diese Weise kommt sie nicht weiter. Sie dreht sich weg, um ins Haus zu gehen. Arne wagt, ihr ein paar Schritte zu folgen.

»Ich kann mich ja mal ein bisschen umhorchen. Vielleicht finde ich etwas heraus.«

»Warum willst du das tun?«

Arne zuckt wieder mit den Schultern, hält nun aber ihrem Blick stand. Nora lächelt.

»Mach was du willst. Und nun hau endlich ab! Und lass dich hier nie wieder blicken!«

»Und du, du lass die Finger von Schönborn!«

***

Am nächsten Vormittag auf der Fahrt durch die Straßen in Richtung Justizvollzugsanstalt empfindet Nora den Lärm dieser Großstadt erstmals als wirklich laut. Die Luft, die zu ihr ins Auto strömt, stinkt nach Abgasen. Es kommt ihr vor, als sei sie sehr lange Zeit nicht in Hamburg gewesen. Ein Gefühl von Fremdsein, in das sich gleichzeitig die Sehnsucht mischt, bald wieder für immer hierher zurückkehren zu können, in ihrer verhassten und geliebten Kneipe Geld zu verdienen und tatsächlich eine Ausbildung anzufangen. Nora könnte gemeinsam mit ihrem Vater eine größere Wohnung beziehen, etwas, was sie sich immer wieder ausmalt, für die Zeit danach – für das neue Leben nach seiner Freilassung. Darüber, wie Jürgen Herbst sich sein Leben draußen vorstellte, darüber hatten sie während der Besuchszeiten nie geredet. Nora spürte zu deutlich, dass er über so etwas nicht einmal nachdenken wollte. Er tat ihr Leid. Und gleichzeitig verachtete sie ihn dafür, wenn er ihr durch seinen resignierten Ausdruck zu verstehen gab, dass er sich mit seinem Schicksal abgefunden hatte und ihre »Liebesmüh« vergeblich sei. Liebesmüh, so nannte er ihre Anstrengungen um ihn. Nora fand, dass er ihre Liebesmüh wenigstens etwas erwidern könnte.

Während sie mit zwei Bechern Kaffee zu ihrem Vater an den Tisch kommt, bemüht sie sich vergeblich, ihr Humpeln zu verbergen. Auf Jürgen Herbsts fragenden Blick entgegnet sie fröhlich:

»Das ist nichts weiter. Die Wölfe haben zugebissen. In Wolfshagen, du verstehst schon . . .«

Ihrem Vater ist nicht nach Lachen zumute.

»Ich habe dir gleich gesagt, geh dort nicht hin!«

»Lass mich. Ich mach das schon.«

Jürgen Herbst umfasst mit beiden Händen den heißen Kaffeebecher, so, als müsse er sich daran wärmen.

»Und? Wie sieht es in Wolfshagen aus? Wie steht es um unser Haus?«

»Ein einziges Rattenloch.«

Nora bemerkt in diesem Augenblick, dass aus den Sachen, die sie trägt, ein unangenehmer, klammer Geruch aufsteigt. Sie hat den widerlichen Gestank des Hauses angenommen. Nicht nur, dass es hier im Besucherraum des Knasts im Gegensatz zum Elternhaus in Wolfshagen gut riecht, es kommt Nora hier auch gemütlich und warm vor. Eine Weile herrscht Schweigen zwischen ihr und ihrem Vater. Er hatte schon vor Jahren einen Makler beauftragt, das Haus zu verkaufen, doch niemand wollte es haben. Irene Schönborn hatte Recht: Wer zog heute noch in ein Dorf wie Wolfshagen, einen Ort, in dem es keine Arbeit gibt, und der zu weit entfernt von der nächsten Stadt liegt – zu weit jedenfalls, um täglich zwischen Wohnung und Arbeitsstelle zu pendeln. Nicht einmal, als Anfang der 90er Jahre die Wohnungsnot in den Städten sehr groß war und die Menschen aufs Land zogen, weil dort Kauf- oder Mietpreise noch erschwinglich waren, hatte es mit dem Verkauf des Hauses in Wolfshagen geklappt. Die Dorfbewohner schoben es vor allem darauf zurück, dass es das Mörderhaus war.

Nora glaubt, dass die Wolfshagener sich ihr Dorf nur schönreden wollten, denn niemand lebte gern in einem Ort, dem es nichts abzugewinnen gab, in den es einen nur zufällig verschlagen hatte, und in dem man, wenn man nicht aufpasste, ein Leben lang hängen blieb – *sein* Leben lang hängen blieb. Als Kind hatte sie natürlich nicht darüber nachgedacht, doch nun fragte Nora sich, wie ihre Mutter es überhaupt auf dem Dorf hatte aushalten können. Eine junge Frau, die aus der Stadt kam, eine fröhliche Frau. Jürgen Herbst war als Förster nach Wolfshagen versetzt worden, hatte sich den Ort nicht selbst aussuchen dürfen. Doch war dies Grund genug, dann tatsächlich sein Leben dort zu verbringen?

Warum gehen so wenige Menschen das Risiko ein, sich den Gegebenheiten zu widersetzen, Veränderungen zu riskieren, wenigstens dann, wenn sie spüren, dass die Menschen, die sie lieben, unglücklich werden? Meist ist es wohl die Furcht davor, die mühselig errungene, materielle Sicherheit einzubüßen oder die Angst vor dem Neuen, die Sorge vom Regen in die Traufe zu gelangen, die es vielen Menschen unmöglich macht, sich vorzustellen, dass ein Neuanfang auch der Beginn eins glücklicheren Lebens werden könnte. Nicht nur anderen, sondern auch sich selbst gegenüber ist man es schuldig, wenigstens den Versuch zu unternehmen, die kurze Zeitspanne, die einem als Mensch zu Verfügung steht, so lebenswert wie möglich zu gestalten. Viele Leute werden unfrei durch familiäre Verpflichtungen. Verwicklungen, die durch Schuld entstehen, können einen Jahre kosten, unwiderbringliche Jahre. Bis es zum Gehen zu spät ist.

Nora kommt auch der Gedanke, dass ihre Mutter damals vielleicht genau an diesem Punkt angelangt war, dass sie vor zwölf Jahren für sich entschieden hatte, Wolfshagen zu verlassen. Und Jürgen Herbst war sicherlich nicht damit einverstanden gewesen. Was sollte ein Förster wie er in der Stadt? Jürgen Herbst war auf einem Dorf aufgewachsen, in einer dörflichen Gemeinschaft bewegte er sich auf sicherem Terrain. Vielleicht hatte Jürgen Herbst versucht, seine Frau aufzuhalten. Doch diese war fest entschlossen gewesen zu gehen, weil sie nichts mehr an diesem Ort, der sie absterben ließ, zurückhielt. Was hatte der Mann getan, um seine Frau am Gehen zu hindern?

»Ich bring dich um!«, hatte Noras Vater geschrien. »Wenn du das tust, bring ich dich um!« Und er war seiner Frau an den Hals gegangen. Jemandem wie ihm fiel es schwer, über Probleme zu debattieren. Jemand wie Jürgen Herbst wusste in bestimmten Situationen möglicherweise keinen anderen Ausweg mehr, als handgreiflich zu werden.

Als Nora sechs Jahre alt war, durfte sie einmal an einem Sonntagnachmittag zusammen mit ihrem Vater einen Western im Fernsehen ansehen. Die Mutter machte sich lustig über die Vorliebe ihres Mannes für Karl-May-Filme. Nora aber war fasziniert von der tiefen Freundschaft zwischen den beiden Filmhelden – dem Indianer und dem Cowboy. Sie waren Blutsbrüder und hatten dies besiegelt, indem sie sich mit einem Messer in den Arm schnitten und die blutenden Wunden anschließend aneinander drückten. Beeindruckt erzählte Nora ihrer Mutter davon. Diese vertraute ihr damals ein Geheimnis an. »Dein Vater und ich, wir sind auch Blutsbrüder.« Die Mutter demonstrierte mit dem Küchenmesser, wie sie und ihr Mann das Ritual vollzogen hatten und erzählte Nora, dass sie sich anfangs dagegen gesträubt und schließlich dann doch zu diesem albernen Spiel bereit erklärt hatte, weil es dem Vater anscheinend so viel bedeutete. Für ihn war es kein Spiel gewesen, sondern der Beweis dafür, dass er und seine Frau miteinander verbunden waren – egal was geschieht.

Heute ist es Nora peinlich, dass ihr Vater so etwas tun konnte. Damals jedoch war es für Nora unvorstellbar, dass Paare sich scheiden ließen. Eltern wie die ihren blieben zusammen – für immer. In einem Dorf wie Wolfshagen trennte man sich nicht. Geschieden wurde man nur durch den Tod.

***

»Und? Gibt es wieder einen Förster in unserem Dorf?«, möchte Jürgen Herbst wissen.

»Und was für einen ... Fred Feske heißt er.«

Noras Vater zuckt mit den Schultern.

»Nie gehört den Namen. Das muss ein Zugezogener sein. Und die Leute sonst so. Was machen die? Ach lass, eigentlich will ich gar nichts davon hören.«

»Die haben sich gewundert, dass ich nicht schon viel eher gekommen bin. Von denen glaubt nämlich auch niemand, dass du es warst.«

Der Vater lehnt sich zurück.

»Ach. Sag bloß. Hast du denn herausgefunden, wer dir heimlich diesen Brief geschrieben hat?«

Nora beugt sich zu ihrem Vater hinüber. Endlich hat sie erreicht, dass auch er anfängt, darauf Hoffnung zu schöpfen, dass seine Tochter ihn hier eher herausholt.

»Ich bin kurz davor, an wichtige Informationen heranzukommen. Es ist nur so kompliziert, weil es im Moment beinahe so aussieht, als könnten mehrere im Dorf als Täter in Frage kommen. Du müsstest mir wenigstens sagen, mit wem Mutter am meisten Stress hatte. Mit Sobotta vielleicht? Oder mit Pösel?«

Jürgen Herbst zieht die Schultern hoch.

»Keine Ahnung. Kann ich mir nicht vorstellen.«

»Ich werde Klaus Schönborn fragen. Der weiß bestimmt etwas, und das wird er mir auch erzählen.«

Noras Vater wird unruhig auf seinem Stuhl, immer wieder sieht er zur Seite.

»Klaus Schönborn ...«

Er beugt sich zu Nora und legt seine Hand auf die ihre.

»Nora, ich bitte dich, geh nicht zurück nach Wolfshagen. Widme dich endlich anderen Dingen. Hamburg ist doch eine tolle Stadt. Fang hier etwas Vernünftiges an. Was Besseres, als immer in dieser Kneipe zu jobben, zum Beispiel.«

»Die Kneipe ist okay, dort verdiene ich mit ein paar Schichten mehr, als du hier drin in zwanzig Jahren. Begreif doch endlich, dass ich nicht aus Spaß nach Wolfshagen zurückgegangen bin. Ich habe dort was Wichtiges zu erledigen!«

Jürgen Herbst zieht seine Hand weg.

»Was du in diesem Kaff treibst, bringt überhaupt nichts. Sieh dich doch mal an. Du lässt dich doch nur fertig machen. Ich komme in drei Jahren hier raus. Meinetwegen brauchst du in Wolfshagen nicht vor die Hunde zu gehen.«

»Drei Jahre! Weißt du überhaupt, wie lange das noch ist? Drei Jahre ... Ich bin ganz dicht dran, das kannst du mir glauben. Der Schönborn, der ist nicht so verstockt, wie die anderen Typen im Dorf. Aus dem kriege ich etwas heraus darüber, was vor zwölf Jahren wirklich passiert ist. Schönborn ist der Einzige in diesem Kaff, mit dem ich etwas anfangen kann.«

Nora erwägt, das Gespräch langsam darauf zu lenken, weshalb ihr Vater damals eigentlich hatte annehmen können, dass seine Frau in diesem Dorf, in dieser Abgeschiedenheit glücklich werden könnte. Doch Jürgen Herbst kommt ihr zuvor.

»Klaus Schönborn! Das war ja klar!«

»Was? Was war klar?«

»Dass du auf den hereinfällst!«

»Auf den falle ich doch nicht herein! Der gibt mir ein paar Reitstunden. Und er will mir helfen. Der will uns helfen, verstehst du!«

»Was der Schönborn unter Hilfe versteht, das kenne ich!« Jürgen Herbst ist laut geworden. Häftlinge und Besucher schauen neugierig zu ihm und seiner Tochter herüber. Noras Vater bemerkt das nicht, es ist, als nähme er um sich herum nichts mehr wahr, als sähe er rot.

»*Meinetwegen* brauchst du mit dem nichts anzufangen!«

»Ich fange doch mit dem nichts an!«

»Ach nein! Ich kenne dich doch genau. Dich und deine Art.«

»Woher willst du mich denn kennen, wenn du es vorziehst, dein ganzes Leben hier drin zu sitzen?«

»Ich kann mir genau vorstellen, welche Show du in Wolfshagen abziehst. Vor den Augen all der anderen. Mit Klaus Schönborn. Du bist doch genau wie deine Mutter!«

»Und du! Du tust, als wärst du überhaupt nicht mein Vater! Du redest wie einer von denen, wie einer aus Wolfshagen! Und ich, ich bin so blöd und mühe mich ab. Ich mache das alles doch nur für dich!«

Der Vater wird leise.

»Du machst das nicht für mich. Du tust es für dich. Weil du ein schlechtes Gewissen hast. Weil du glaubst, du bist schuld daran, dass ich hier einsitze.«

Nora schiebt ruckartig ihren Stuhl nach hinten. Ihre Augen brennen. Der Schmerz der Bisswunde in ihrem Bein, den sie eben noch minutenlang nicht gespürt hatte, ist jetzt fast unerträglich.

»Du hast Recht. Ich sollte das alles lassen. Ich sollte weggehen aus Wolfshagen. Und dich hier drin vermodern lassen.«

Nora begibt sich in Richtung Ausgang. Unvermittelt kehrt sie noch einmal zu ihrem Vater zurück.

»Aber den Gefallen tue ich dir nicht. Auch wenn ich mich immer öfter frage, wie einer wie du überhaupt mein Vater sein kann. Unternimmt nichts. Findet sich mit dieser Scheiße hier drin ab. Vielleicht willst du ja nur verhindern, dass ich die Wahrheit herausfinde. Vielleicht hast du Mutter ja doch umgebracht.«

Jürgen Herbst packt seine Tochter grob am Arm und zieht sie zu sich hinunter.

»Denk, was du willst. Und mach was du willst. Aber lass Schönborn aus dem Spiel, sonst . . .!«

Nora sieht ihrem Vater fest in die Augen.

»Was? Was, sonst?«

Erschrocken über sich selbst lässt Jürgen Herbst sie wieder los. Seine Tochter wendet sich ab und geht mit aufrechtem Gang aus dem Besuchsraum. Erst draußen reibt sie sich den stark schmerzenden Oberarm.

***

Die beiden Gastjäger haben das Wochenende im Nachbardorf verbracht und decken sich noch in »Arnes Jagdladen« mit Munition ein, die hier um einiges billiger ist als in Hamburg. Der eine Jäger betrachtet lederne Patronengürtel, der andere probiert ein paar waldgrüne Gummistiefel an. In der Einöde wird man leicht vom Kaufrausch befallen, hervorgerufen durch Langeweile, durchs Losgelöstsein und Nichtwissen, womit man hier die freie Zeit verbringen könnte.

Inge Liebenthal steht hinter dem kleinen Ladentisch, unter dessen Glas verschiedene Weidmesser ausgelegt sind und gibt Wechselgeld heraus. Gerade will sie sich zu einem Verkaufsgespräch überwinden und etwas über die Vorteile der gefütterten Gummistiefel erzählen, als der Jäger diese wieder zurückstellt, um mit seinem Kumpel den Laden zu verlassen.

»Tschüss.«

»Wiedersehen.«

Arne kommt aus der dahinter liegenden Wohnung in den Laden. Er sieht verschlafen aus. Inge sieht auf die Uhr, es ist gegen elf.

»Na endlich. Dann mach mal hier gleich weiter.«

Arne gähnt.

»Wieso, gibt es denn heute keinen Kaffee?«

»Doch. Und Apfelkuchen auch. Steht schon in der Stube.«

Inge und Erna Liebenthal sind ihr ganzes Leben lang früh aufgestanden. Frühstück gab es immer um sieben.

Irgendwann wurde es ein Ritual, gegen elf Uhr noch eine Kaffeepause einzulegen.

Inge Liebenthal sieht ihrem Sohn an, dass er zögert, etwas zu sagen.

»Hast wohl wieder nix geschossen? Steh ich hier für dich etwa umsonst, die ganze Zeit?«

Arne zieht die Schultern hoch.

»Nicht ein Stück Wild hat sich sehen lasssen. Du, Mutti, sag mal ... Ich meine, nur mal angenommen, der Jürgen Herbst, der Vater von der Nora, der hätte seine Frau damals wirklich nicht umgebracht. Nur mal theoretisch, meine ich ...«

Inge kommt hinter dem Ladentisch hervor und richtet die Gummistiefel, als hätte sie nichts gehört.

Arne betrachtet den langen, krummen Rücken seiner Mutter. Er ärgert sich, dass er kaum Erinnerungen an die Zeit hat, als dieser Mord in Wolfshagen geschah. Arne weiß nur noch, dass seine Mutter damals kaum noch ansprechbar war. Sie hatte bloß immer wieder geklagt, welches Unglück die Nora hätte, weil man ihr nicht nur die Mutter, sondern auch den Vater genommen hatte. Arne, der seinen eigenen Vater nie kennengelernt hatte, fragte sich als Kind öfter, ob er deswegen auch arm dran sei. Seine Mutter verstand diese Sorge nicht, denn er hatte doch sie. Und Oma Erna. Arne spielt nervös an seiner Messertasche.

»Ich meine nur, wenn du über den Tod von Helga Herbst etwas weißt, dann darfst du es nicht länger verschweigen. Oder? Dann musst du sagen, was du weißt. Wenn du was weißt, nur mal angenommen, meine ich ...«

Inge wendet sich abrupt zu ihrem Sohn um.

»Was spinnst du denn da, verdammt!«

»Aber einer von euch muss doch etwas wissen. Einer von hier muss das doch gewesen sein.«

Inge zwingt sich zur Ruhe.

»Der, der auch im Knast dafür sitzt, der war das auch und basta! Jürgen Herbst. Der hat das eben nicht länger ausgehalten, dass seine Frau all den Mannsbildern um den Hals fiel. Erlebst ja jetzt selbst, wie das so ist. Die Tochter macht's wie ihre Mutter, genauso. Das Flittchen, das! Denkst du, ich weiß das nicht? Von wegen, du bist im Wald gewesen und hast nichts geschossen. Erzähl mir nix. Du bist wieder um ihr Haus geschlichen. Aber das sag ich dir, eine wie die, die nimmt dich nicht ernst. Die treibt's mit jedem. Nur ausnutzen, das tut sie dich. Aber ich pass auf! Für die gebe ich dich nicht her!«

Großmutter Erna kommt in den Laden.

»Geevt hüt keenen Kaffee?«

Inge Liebenthal sind Tränen gekommen. Eilig wendet sie sich ab, reibt sich die Augen.

»Macht euch euren Kaffee in Zukunft selber!«

Erna sieht verständnislos Arne an, der nimmt seine Oma und führt sie in die Wohnung zurück.

»Es gibt Kaffee und Apfelkuchen auch, Oma.«

Inge sieht gedankenverloren durchs Ladenfenster auf die leere Dorfstraße. Als sie ein Motorengeräusch hört, tritt sie unbewusst dichter an die Scheibe heran und beobachtet, wie Nora auf das Grundstück des Mörderhauses fährt.

Inge ist müde und ahnt, dass sie auch in der kommenden Nacht wohl kaum besser schlafen wird, als in den letzten. Immer wieder hat sie denselben Traum: Sie hetzt bis zur Erschöpfung duch den Wald. Nora folgt ihr. Kommt immer näher. Irgendwo hinter einem Baum steht Arne und beobachtet regunglos das Treiben. Kurz bevor es Nora gelingt, Inge zu packen, wacht diese jedes Mal auf und fühlt sich dann, als wäre sie tatsächlich getrieben worden. Müde. Halb tot.

Sie hat das starke Bedürfnis, mit jemandem zu reden. Doch mit wem? In diesen Tagen wird ihr so klar wie noch nie zuvor, dass sie mit all ihrem Kummer allein auf der Welt ist. Dass sie nur ihren Sohn hat, den es jedoch vor Problemen zu schützen gilt. Und ihre alte Mutter, die zwar immer da ist, aber noch nie eine wirkliche Stütze für Inge Liebenthal war. Erna hat ihrer Tochter nie vergeben, dass sie sie zur Großmutter eines unehelichen Kindes gemacht hatte. Wie konnte Inge damals nur so naiv sein und auf die Versprechungen eines Städtischen hereinfallen? Kaum hatte dieser Kerl bekommen, was er wollte, verschwand er – auf Nimmerwiedersehen.

Zu allem Schmerz über den Verlust des Mannes, in den Inge sich verliebt hatte, musste sie sich ihr ganzes Leben die Vorwürfe ihrer Mutter anhören und durfte dabei dankbar sein, dass diese Arne trotz allem so behandelte, als hätte sie nichts gegen ihren Enkel einzuwenden. Äußerlich glich Arne seinem Erzeuger sehr, jeden Tag, wenn er seiner Mutter gegenübertrat, erinnerte Arne sie einen schmerzhaften Moment lang daran, was vor mehr als zwanzig Jahren auf dem Dorffest passiert war. Als Inges Körper damals vom vielen Trinken und Tanzen vor Lust brannte, und ihr plötzlich eine Nacht lang alles egal war. Inge liebt ihren Sohn, und wer weiß, um wieviel trostloser ihr Leben verlaufen wäre, wenn sie ihn nicht bekommen hätte. Wahrscheinlich würde sie dann heute allein hier in Wolfshagen mit ihrer Mutter sitzen. Über fünfzig Jahre alt, eine Frau, um die sich nie wieder ein Mann – und sei es auch nur für einen Abend, ernsthaft bemüht hatte. Erna begründete diese Tatsache damit, dass Inge ein uneheliches Kind hatte. Doch hatten sich die Zeiten und auch die Männer nicht längst geändert? Und woher nahm Erna die

Gewissheit, dass ihre eigene Ehe, wenn ihr Mann damals aus dem Krieg heimgekommen wäre, bis ans Lebensende glücklich verlaufen wäre? All die Witwen hatten gut reden, trauerten um ihre verlorenen Männer, doch waren diese tatsächlich gute Ehemänner gewesen, die ihren Frauen treu geblieben wären?

Inge tritt aus ihrem Haus auf den Weg im Vorgarten. Mit Doris könnte sie eventuell über ihre Sorgen, die quälenden Nächte reden. Sie geht langsam die Dorfstraße entlang, denn der Edeka wird noch gar nicht geöffnet sein. An Pösels Haustür zu klingeln, das würde sie nur in einem noch größeren Notfall tun. Von weitem beobachtet Inge, wie Horst Pösel auf seinem Grundstück dabei ist, die Feuchtigkeit, die sich über Nacht auf die Garten- und Landmaschinen gelegt hat, abzuwischen.

Doris Pösel kommt im frischen, weißen Kittel aus der Wohnungstür und geht über den Hof, ohne ihren Mann zu beachten.

»Liebes!«, ruft Horst und eilt mit dem Lappen in der Hand seiner Frau nach.

Die bleibt stehen und sieht ihn nicht an, als er sie auf die Wange küssen will.

»Ich mag den Laden gar nicht aufschließen. Warum hast du mir das bloß angetan?«

»Ich war nachts nicht bei der Herbst! Wie oft soll ich dir das noch sagen! Die Nora, die erzählt doch Spinnkram.«

»Die Leute haben dich sogar am hellichten Tag bei der am Haus gesehen. Du bist hinter der her. Du kannst es ruhig zugeben.«

Horst fasst seine Frau zärtlich an den Oberarm.

»Du weißt genau, dass das nicht stimmt. Du kennst mich doch.«

Doris entzieht ihren Arm.

»Was die Leute reden, das ist es, was am Ende stimmt . . .«

Inge beobachtet, wie Doris ihren Mann stehen lässt und denkt sich, dass momentan mit ihrer Freundin kaum gut über eigene Probleme zu reden sein wird, weil diese selbst aufmunternde Worte gebrauchen könnte, die Arme. Unschlüssig kehrt Inge dem Edeka den Rücken. Vielleicht sollte sie Irene Schönborn einen Besuch abstatten. Irene ist immer guter Stimmung, hat zu allem den richtigen Spruch, obwohl sie es selbst nicht gerade leicht hat – mit ihrem Klaus. Inge sieht von Weitem, dass Irene in den Pferdestall geht. Sie ruft ihr nach. Doch Irene hört sie nicht.

***

Klaus Schönborn bürstet seinem schwarzen Hengst Aramis das Fell. Ein zweites Pferd ist schon gesattelt.

Irene sieht ihrem Mann eine Weile lang schweigend zu.

»Schön, dass du die Klara schon fertig gemacht hast. Ich dachte, wir reiten heute mal wieder gemeinsam aus. So wie früher . . .«

Klaus hält beim Fellbürsten nicht inne.

»Gute Idee. Aber könnten wir das bitte später machen? Ich meine, wir sollten es auf jeden Fall tun. Nur nicht jetzt!«

»Weil du es vorziehst, mit der kleinen Nora auszureiten.«

»Sie ist meine Schülerin. Job ist Job.«

»Muss das sein? Die Leute reden schon.«

»Lass sie doch reden.«

»Merkst du denn gar nicht, dass die dich nur benutzt? Die will dich aushorchen. Wegen ihres Vaters.«

»Soll sie doch. Ich habe nichts zu verbergen.«

»Ach nein?«

»Nein!«

»Wir könnten ja zu dritt ausreiten.«

Klaus Schönborn begibt sich auf die andere Seite des Pferdes und küsst seine Frau dabei flüchtig auf die Wange.

»Ich brauche keinen Anstandswauwau.«

»Da bin ich mir nicht so sicher.«

»Geht das schon wieder los! Du hörst das Gras ja schon wachsen, wo überhaupt keines ist!«

»Ach ja, denkst du, ich bin so blöd und kriege das nicht mit, was da schon wieder läuft. Meinetwegen kannst du jeder verdammten Hure im Umkreis nachlaufen. Aber nicht der Nora!«

Klaus Schönborn führt die beiden Pferde zum Stalltor.

»Nora ist meine Reitschülerin. Und ich, ich werde ihr heute Nachmittag Unterricht geben!«

***

Sie sei jemand, der sehr schnell lernt, lobt Klaus Schönborn Nora, als er ihr heute schon nicht einmal mehr aufs Pferd helfen muss. Nora erinnert sich draran, wie sie als kleines Mädchen manchmal ihre Mutter begleitete, wenn diese sich von Schönborn ein Pferd auslieh. Und sie erinnerte sich, wie sie dies damals für die normalste Sache der Welt hielt und sich freute, wenn auch sie mal auf dem Pferd sitzen durfte.

Mutter war die Frau des Försters. Försterfrauen gingen meist keinen Berufen nach. Welchen auch, wenn sie abgeschieden auf einem Dorf lebten? Förster verdienten recht gut, wurden verbeamtet, ihre Ehefrauen hatten es also nicht nötig, sich an einem Ort zu verdingen, den sie nur umständlich mit Auto erreichen konnten, um die Haushaltskasse aufzubessern. Doch womit verbrachte Helga Herbst ihre Zeit in Wolfshagen? Was tat sie gegen die Langeweile?

Nora erinnert sich, wie ausgelassen ihre Mutter war, wenn eine Unternehmung bevorstand. Wie fröhlich sie wurde, wenn sie zusammen in die Stadt fuhren, was allerdings eher selten vorkam. Helga Herbst war eine Frau, die jeden Tag wie einen großen Auftritt betrachtete. Sie war – im wahrsten Sinne des Wortes – unheimlich schön. Jeden neuen Morgen begann sie so, als würde sie eine Bühne betreten. Die Bühne ihres Lebens. Wie schwierig jedoch, wenn das Theater in der äußersten Provinz spielt. Besetzt mit Laiendarstellern, die einem neiden, wenn man es versteht, wirkungsvoller als sie aufzutreten. Wer – wie Helga Herbst – Aufsehen erregte, hatte Publikum. Doch was passierte, wenn der Ehemann wollte, dass seine Frau sich genauso unauffällig wie die anderen weiblichen Mitglieder der Dorfgemeinschaft benahm? Was geschah, als das Schöne und Exzentrische seiner Frau, das ihn einst so anzog, für Jürgen Herbst zum Nährboden für Misstrauen und Eifersucht wurde? Wenn die Angst, als Ehemann nicht zu genügen, dazu führte, sich abzusondern und vor allem die eigene Frau zu isolieren?

Helga Herbst tat alles, um sich von den Leuten des Dorfes zu unterscheiden. Sie wollte die bleiben, die sie war. Die, in die Jürgen Herbst sich verliebt hatte. Er war ein Mann, den sie kurze Zeit, bevor sie sich in ihn verliebte, gar nicht zur Kenntnis genommen hätte. Als sie es dann doch tat, geschah es wohl vor allem, weil sie erschöpft war von den aufregenden und kräftezehrenden Beziehungen, die sie bisher mit Männer gehabt hatte. Zum ersten Mal in ihrem Leben spürte sie damals Sehnsucht nach einem Mann, der ihr Halt bot. Sie wollte zur Ruhe kommen und ahnte nicht, welche Gefahren das neue Zuhause in Wolfshagen für sie verborgen hielt. Für die Ehe mit Jürgen Herbst gab sie die Vorzüge der Stadt auf, wie ihr in Wolfshagen erst nach und nach bewusst wurde. Anonymität zum Beispiel. Und das bisschen Unangepasstheit, das Helga Herbst zeitlebens so wichtig schien, eine eigentlich eher spießige Art, die Menschen in ihrer Umgebung durch Aussehen und Auftreten zu provozieren. Dinge, die in der Stadt niemanden stören, konnten einem auf dem Dorf zum Verhängnis werden. Nach dem Einzug ins Forsthaus legte Helga Herbst zunächst viel Wert darauf, ihre Räume so herzurichten, dass diese sich von denen der Nachbarn in Wolfshagen unterschieden. Sie wollte keine Gardinen an den Fenstern, sondern nur Jalousien, was zu einer ersten großen Auseinandersetzung zwischen ihr und ihrem Mann führte und Weichen im Eheleben stellte, weil Jürgen Herbst es war, der sich durchsetzte. Als Kompromiss gab er später jedoch ihrem Wunsch nach, den Garten als Wildgarten anlegen zu dürfen. Nora erinnert sich an die große Fläche hinter dem Haus, die dem Spielen, Grillen und Sonnen vorbehalten war. In jedem anderen Wolfshagener Garten wurde dieser Freiraum ausschließlich für Gemüse- und Blumenbeete genutzt. Der Vorgarten des Forsthauses wurde jedoch auch »ordentlich« gehalten, so wie es sich für jeden Vorgarten dieses Dorfes gehörte.

Sinnvoller Inhalt und Zeitvertreib sollte für Helga Herbst das erste eigene Kind werden. Nora, die sehr früh zur Gesprächspartnerin und Freundin der Mutter wurde.

Wenn ein Dorffest bevorstand, machte Helga Herbst nicht nur sich, sondern auch ihre Tochter so unwiderstehlich schön, dass den Männern, aber auch den Frauen der Umgebung der Atem stockte, wen die beiden irgendwo erschienen. Das waren Momente, die Helga Herbst sehr genoss, die auch Nora zu genießen lernte, nicht ahnend, dass ihre Mutter für manche im Dorf zur unerträglichen Provokation werden konnte.

Jürgen Herbst zog sich immer mehr in sich zurück, weil er deutlich spürte, dass die Eifersucht seine Ehe zu zerstören drohte. Helga Herbst aber wollte seine Gefühle wahrnehmen, forderte ihren Mann heraus, um sich immer wieder neu zu vergewissern, dass er sie begehrte. Die Attacken seiner Eifersucht waren ihr der Beweis seiner Liebe. Jürgen Herbst fürchtete sich vor seinem Misstrauen, weil es ihn unbeherrscht werden ließ. Seine Frau verstand ihn nicht, denn es gab keinen wirklichen Grund, Angst um sie haben zu müssen. Helga Herbst spielte nur. Ließ die Männer nah an sich heran, um sie dann wegzustoßen. Sie interessierte sich tatsächlich nur für ihren Mann – auch, wenn sie mit einem wie Schönborn tanzte oder ausritt. Klaus war der Schönste in Wolfshagen, und er war ihr in manchen Dingen sehr ähnlich. Paare finden sich jedoch nicht, weil sie sich sehr ähnlich sind, sondern ziehen sich eher durch Gegensätzlichkeit an. Helga Herbst trieb ein Spiel, das Männer hassen: Sie reizte sie, nur um ihnen zu gefallen. Für Männer jedoch besteht der Reiz nicht darin, mitten im Spiel aufzuhören. Männer wollen eine Trophäe, den Beweis dafür, das Spiel gewonnen zu haben. Helga Herbst reichte die Gewissheit, eine Eroberung machen zu können. Wie verhielt sich Klaus Schönborn, als sie ihn abwies? Wie sehr fühlte er sich in seiner Eitelkeit verletzt? Oder machte Helga Herbst bei ihm eine Ausnahme und ließ ihn näher an sich heran? Und die anderen Männer, wie nah kamen sie der begehrenswerten Frau tatsächlich? Ließen sie sich von ihr freiwillig wegstoßen?

***

Nora und Klaus reiten seit etwa einer Stunde. Nora versucht das Gefühl zu verdrängen, etwas Verbotenes zu tun. Sie reite doch nur, redet sie sich ein. Weshalb hatte sie jedoch vorhin so sehr darauf geachtet, ungesehen zum verabredeten Treffpunkt zu kommen? Warum hatte sie das Gefühl, jemand sei ihr bei etwas Unerlaubtem auf der Spur? Vor der Reitstunde hatte Nora Irene Schönborn die Plane zurückgebracht. Nachdem sie an der Tür geklingelt hatte, öffnete Irene unerwartet schnell die Tür und sagte: »Klaus ist nicht da.« Sofort hatte Nora sich entschuldigt. Sie wolle gar nicht zu ihm, sie sei nur wegen der Plane gekommen.

»Ach ja«, hatte Irene geantwortet. »Das ist lieb von dir. Man weiß ja nie. Wenn es auf dem Dorffest regnet, dann können wir die Plane gut gebrauchen.«

Irene hatte auch ihr Bedauern darüber geäußert, dass Nora so viel Pech hatte – erst die Geschichte mit den Ratten, dann die mit Feskes Köter. Und, als könne sie Nora damit etwas Gutes tun, fragte Irene, ob sie bei den Vorbereitungen zum Dorffest mithelfen wolle.

»Dabei kommst du sicherlich auf andere Gedanken.«

Nora antwortete, dass sie schon etwas vorhätte und fühlte im selben Moment, dass sie die Frau, die so freundlich zu ihr war, hinterging. Eilig verließ sie deren Grundstück. Irene rief ihr nach:

»Das Reiten würde ich an deiner Stelle vorerst lassen!«

***

Jedesmal, wenn er einen leichten Vorsprung gewinnt, zügelt Klaus sein Pferd, damit Nora aufholen kann. Der Weg ist breit, links und rechts von Buchenwald gesäumt und mündet in ein Maisfeld, an dessen Rand ein Hochstand steht. Schönborn springt vom Pferd und hilft Nora hinunter. Seine körperliche Nähe verunsichert sie. Als könne sie damit von sich ablenken, fragt sie Klaus, was er damit meinte, als er ankündigte, ihr etwas beichten zu müssen. Klaus Schönborn sieht bedeutungsvoll zum Hochstand hinauf.

»Hier habe ich mich damals oft heimlich mit deiner Mutter getroffen.«

Nora weiß nicht, was sie dazu sagen soll, sie starrt zum Hochstand empor, als würde dort eine Antwort auf all ihre Fragen stehen.

»Ich habe mir schon so etwas gedacht. So, wie mein Vater reagiert, wenn er auch nur deinen Namen hört . . .«

Es scheint Klaus zu gefallen, dass jemand beunruhigt ist, nur weil sein Name erwähnt wird. Nora bemerkt irritiert, dass sie nicht böse wird auf Schönborn. Gleichzeitig empfindet sie dies als Verrat an ihrem Vater. Sie wünscht sich, dass Schönborn sie in ihrem Glauben bestärkt, ihre Eltern seien ein Traumpaar gewesen. Doch er tut genau das Gegenteil und erzählt Nora, dass es Jürgen Herbst natürlich gar nicht gefallen hätte, dass seine Frau sich mit Klaus traf. Die anderen Männer aus Wolfshagen hatten allerdings auch etwas dagegen einzuwenden gehabt. Die waren zwar schon immer groß mit dem Maul gewesen, waren aber nur sauer, weil Helga Herbst sie nie an sich heranließ.

Nora versucht sich Manfred Sobotta und Horst Pösel als um Jahre jüngere Männer vorzustellen. Beide gewinnen für sie dabei nichts an Attraktivität. Und so scheint ihr sehr glaubhaft, was Schönborn erzählt. Gleichzeitig kommt ihr die schmerzliche Einsicht, dass sie sich die Unschuld ihres Vaters nur eingeredet haben könnte. Was hatte sie sich eingebildet? Das Gericht wird doch damals nicht leichtfertig entschieden haben. Niemand sonst als ihr Vater hatte also vor zwölf Jahren ein Motiv gehabt, Helga Herbst umzubringen.

Mord aus Eifersucht ist etwas eher Banales und kommt angeblich in den besten Familien vor. Was treibt Nora? Was erhofft sie sich davon, jetzt hier mit Schönborn an diesem Hochstand zu stehen?

Sie fragt Klaus danach, wie lange das Verhältnis gedauert hatte zwischen ihm und ihrer Mutter.

Ein paar Jahre, erzählt er und fordert Nora auf, mit ihm auf den Hochstand zu steigen. Sie möchte nicht dort hinauf. Gleichzeitig will sie sich ihre Angst davor, wie sehr sie sich von diesem Mann angezogen fühlt, nicht anmerken lassen.

***

Es ist wie ein Spiel. Als Nora vor ihm die Stufen des Hochstands hinaufklettert, fühlt Klaus sich plötzlich seinem Ziel unverhofft nah. Dass dieses Mädchen es ihm jedoch so einfach macht, verdirbt ihm etwas den Spaß. Je schwerer die Eroberung, desto angeheizter fühlt er sich. Je stärker Irenes Eifersucht wird, desto größer der Reiz, zurück zu ihr nach Hause zu kommen, um bald darauf wieder auszuschwärmen. Irene hatte in den letzten Jahren jedoch begonnen, Fehler zu begehen. Am Anfang ihrer Ehe hatte sie ihren Mann noch wie ein Kind behandelt, das beim Spielen Unfug getrieben hatte und dann zu Hause damit rechnen musste, dass die Mutter böse mit ihm war. Bis sie ihm vergab, verging jeweils eine Weile. Am stärksten hatte Irene auf Klaus' Eskapaden, wie Irene seine Ausflüge immer nannte, mit Helga Herbst reagiert. Das lag mehr als zwanzig Jahre zurück. Nie wieder danach war Irene so sehr in Sorge um ihren Mann geraten. Deswegen hatte Klaus auch noch lange, nachdem er einmal mit Helga Herbst hier auf dem Hochstand gewesen war, vorgegeben, dass er sich immer noch mit dieser Frau hier träfe.

Nach Helga Herbsts Tod reagierte Irene auffallend schwächer auf Klaus' folgende Affären. Als wäre sie zu erschöpft, oder als hätte sie inzwischen begriffen, dass er sowieso immer zu ihr zurückkehrte. Dies jedoch verdarb ihrem Mann die Lust auf das Spiel – sein Spiel. Irene zu verlassen hatte er allerdings nie ernsthaft in Betracht gezogen. »Er ist nichts, und er hat nichts«, hatten ihm seine Schwiegereltern immer vorgeworfen. Wo sollte ein Mann wie er, der beruflich nur mit Pferden umgehen konnte, denn hingehen? Der Hof und die Pferde gehörten Irene. Klaus lebte im größten Haus des Dorfes, und er musste nicht malochen, wie die anderen Wolfshagener Männer. Klaus hatte sein Hobby zum Beruf gemacht – ein Privileg. Ihm ging es gut. Er hatte seine Freiheit. Und seine Pferde – ein wenig Zucht, ein wenig Reitunterricht.

Seit Nora in Wolfshagen war, wirkte seine Frau Irene seltsam aufgescheucht. Eine unheimliche, nicht zu erklärende Anziehung ging von Nora auf Klaus aus. Er fühlte sich, als seien die letzten zwanzig Jahre nicht vergangen. Was konnte einem Mann Besseres passieren?

Während Klaus Schönborn schon auf der schmalen Bank Platz genommen hat, steht Nora immer noch an der Brüstung und betrachtet die Landschaft vom Hochsitz aus. Der Blick über das Maisfeld ist weit, dahinter liegt ein mit Bäumen umsäumter See. Die reinste Idylle, wären da nicht Schönborns Blicke, die Nora in ihrem Rücken zu spüren glaubt. Wäre da nicht ihr Vorhaben, das sie hierher trieb. Zögernd dreht sie sich zu dem Mann um. Klaus holt einen silbernen Flachmann aus seiner Jackentasche und bietet Nora davon zu trinken an. Der Schnaps hat Klaus' Körperwärme angenommen, brennt in Noras Kehle. Arme und Beine werden schon nach dem ersten Schluck schwerer.

»Und wie war sie so, meine Mutter?«

Schönborn greift nach Noras Hand und zieht sie zu sich auf die Bank.

»Du kannst ja gar nicht genug davon hören. Sie war so schön wie du, so unwiderstehlich wie du. Es war kein Wunder, dass alle hinter ihr her waren. Aber ich, ich habe sie bekommen . . .«, flüstert er, seinen Mund nah ihrem Hals. Schönborn weiß nicht, ob es der Geruch ihrer Haut, derselbe Ort wie damals oder eine Ahnung davon, dass sich Nora ihm widersetzen könnte ist, weshalb er plötzlich deutlich das Bild von Helga Herbst vor sich sieht. Noras Mutter, die ihn auf gar keinen Fall an ihren Körper heranlassen wollte. Die sich verzweifelt wehrte, als er sie schließlich vergewaltigte. Auch Nora wehrt ihn ab, doch nur, weil Schönborn grob wird. Es würde ihn jedoch stärker erregen, wenn Noras Widerstand nicht so halbherzig wäre. Er muss dafür sorgen, dass sie das Spiel nicht verdirbt.

***

Seit Nora bei uns in Wolfshagen ist, beobachte ich sie. Sie hat nicht auf mich hören wollen. Und ist freiwillig mit Schönborn auf den Hochstand am Maisfeld geklettert. War ja klar, was Klaus dort oben mit ihr vorhatte. Und was der will, das bekommt er auch. Ich bin keine Jungfrau mehr, auch wenn die anderen das immer behaupten. Als in Gädebohn Dorffest war, vor einem Jahr war das, habe ich ein Mädchen kennengelernt. Ich war total blau. Sie war auch total besoffen. Hat mich vom Festplatz weggelockt und dann hat sie, dann haben wir es gemacht ... An der Bushaltestelle. Kam kein Bus mehr vorbei, war am Wochenende. Ich kann mich nicht mehr richtig an alles erinnern. Hatte den totalen Filmriss. Deswegen erzähle ich auch keinem was darüber. Mit so was soll man ja auch nicht prahlen. In dieser Beziehung kann man nur von Schönborn lernen. Wenn er will, kriegt der jede. Der legt sie alle flach. Und mimt dabei den Gentleman. Sobotta, der hat dagegen nur ein großes Maul. Aber Schönborn ... Ein echter Gentleman genießt und schweigt. Und irgendwie bekommen trotzdem alle mit, was er so treibt, und beneiden ihn dann. Ist mir auch egal, soll Schönborn doch machen. Nur mit der Nora, das hätte er sich verkneifen sollen! Ich hätte nicht gedacht, dass die auch so eine ist. Kommt aus der Stadt, müsste es doch nicht so nötig haben, wie die Weiber aus der Umgebung. Vielleicht kann er ja ein Kunststück, der Schönborn. Würde gut daran tun, wenn er besser aufpasst. Als ich in meinem Versteck stand und alles, was die dort oben auf dem Hochstand trieben, beobachtete, da war ich nicht allein im Wald. Auch Irene war den beiden gefolgt. Hat mich nicht bemerkt. Kann einem echt Leid tun, die Frau. Ich konnte es nicht lange mit ansehen, wie Irene in ihrem Versteck gelitten hat. Habe meine Deckung verlassen, Schönborns Pferde heimlich losgemacht und denen ordentlich was auf den Arsch gegeben. Klaus, der hat nicht schlecht gestaunt. Der war gerade mittendrin, als seine Gäule unter dem Hochstand lang preschten. Scheiße, hat der geschrien und überhaupt nicht kapiert, wie das passieren konnte. Hat mich nicht gesehen. Hat Irene nicht gesehen. Dem hing die Hose noch in den Kniekehlen, als er heruntergeklettert kam. Die Nora fing plötzlich an zu schreien. Hörte gar nicht mehr auf. Wegen dem hässlichen Hundefell, das der Klaus über dem Arsch hat, wird sie sich wohl nicht so aufgeregt haben. Das hat die anderen Frauen vor ihr ja auch nicht gestört.

Der Klaus hat die Irene im Wald entdeckt – und einfach stehen lassen. Es war fast, als wenn sie wollte, dass er sie sieht, dass sie weiß, was ihr Mann so treibt. Dass der Klaus nun glaubt, Irene hätte seine geliebten Gäule durchgehen lassen, das wollte ich nicht. Ehrlich.

***

Es war sehr aufwendig gewesen, diesen außerhalb der normalen Besuchszeiten liegenden Termin in der Justizvollzugsanstalt zu arrangieren. Als es jetzt so weit ist, dass sie ihren Vater sprechen darf, möchte Nora am liebsten umkehren. Warum sollte sie sich die Wahrheit, die alles noch viel schlimmer macht, von ihm bestätigen lassen? Bis vor kurzem hatte sie noch angenommen, dass die Grausamkeit ihres Schicksals nicht mehr zu steigern sei. Seit der letzten Begegnung mit Klaus Schönborn aber zieht es sie Minute für Minute tiefer hinab. Die Schuld, die sie ihrem Vater gegenüber empfand, war erträglicher als der Gedanke, dass Jürgen Herbst gar nicht ihr leiblicher Vater sei. Jeden Tag ihres Lebens hatte sie um die Liebe dieses Mannes gerungen. Sie wird nicht zulassen, dass ihre »Liebesmüh« vergeblich war.

Ein Beamter begleitet Nora den Gefängnisgang entlang, wo man, da dieses Treffen außerhalb der Besuchszeiten stattfindet, zwei Stühle aufgestellt hat. Von der anderen Seite des Flures wird Jürgen Herbst hereingeführt. Er wirkt munter, fast beschwingt. Nora denkt, dass sie ihn, seit er einsaß, nie so gelassen sah. Er umarmt seine Tochter flüchtig.

»Und? Erzähl! Was ist so wichtig, dass du mich außer der Reihe besuchen kommst?«

Nora hatte sich auf der Fahrt hierher in Gedanken immer wieder zurechtgelegt, wie sie der Wahrheit langsam ein Stück näher kommen wollte.

»Ich möchte wissen, warum du möchtest, dass ich auf keinen Fall etwas mit Klaus anfange.«

»*Klaus!* Da haben wir es! Weil du zu schade bist für diesen Hurenbock!«

Jürgen Herbst erwidert ihren Blick nicht, beugt sich nach vorn, wobei er die Unterarme auf den Schenkeln ablegt, die Hände ineinander faltet und zu Boden blickt.

»Der ist doch viel zu alt für dich. Und außerdem ist er ein verheirateter Mann. Man fängt nichts an mit Leuten, die verheiratet sind.«

»So wie Mutter mit ihm etwas angefangen hat, obwohl sie mit dir verheiratet war?«

Jürgen Herbst richtet sich ruckartig auf.

»Das hat Schönborn dir erzählt. Wahrscheinlich hat er so richtig schön geprahlt damit!«

»Du sollst fast durchgedreht sein – vor Eifersucht.«

»Kein Mensch kann so etwas aushalten. ›Hure‹ haben sie uns ans Haus geschrieben. Hure. Ich hätte ihn damals umbringen sollen. Dieses Schwein.«

»Und Mutter?«

»Deine Mutter, die hat die ganze Zeit steif und fest behauptet, dass dieser Kerl sie vergewaltigt hätte. Die wollte sogar, dass ich Schönborn deswegen zur Rede stelle . . . öffentlich.«

»Und hast du ihn zur Rede gestellt?«

»Ich mache mich doch nicht lächerlich. Deine Mutter trifft sich mit dem. Heimlich. Reitet mit dem ständig vergnügt durch den Wald. Freiwillig. Und behauptet dann, er hätte sie vergewaltigt . . . Wer es glaubt, wird selig.«

»Und wenn es doch so war?«

Der Vater zieht müde die Schultern hoch, es scheint, als rede er mit sich selbst.

»Ich konnte deine Mutter kaum noch anfassen

danach. Immer hatte ich Angst, dass du die Tochter von diesem Scheißkerl bist. Dass du nicht mein Kind sein könntest, verstehst du, das hat mich ganz krank gemacht. Das macht mich heute noch krank.«

Nora lässt sich vom Stuhl gleiten und legt ihren Kopf auf die Knie des Vaters.

»Was redest du denn da? Ich bin doch deine Tochter. Das war so und das bleibt so. Ich bin deine Nora.«

Jürgen Herbst streicht ihr übers lange, blonde Haar. Ein Beamter kommt ein paar Schritte näher auf sie zu.

»Die Besuchszeit ist beendet!«

Nora sieht ihren Vater erwartungsvoll an.

»Dann hat vielleicht doch Schönborn meine Mutter umgebracht.« Jürgen Herbst schüttelt ungläubig den Kopf.

»Warum sollte er? Der hatte doch bekommen, was er wollte. Lass sein, es hat doch alles keinen Sinn. Du drehst dich im Kreis.«

»Willst du hier nun raus, oder nicht? Schönborn ist ein Vergewaltiger, verdammt noch mal. Wer weiß, was der noch auf dem Gewissen hat. Ich werde es herausbekommen. Ich weiß auch schon wie . . .«

Der Vater hat den Impuls, etwas dagegen einzuwenden, doch er ist zu erschöpft. Reden ist nicht seine Sache, »Gefühlsduseleien« schon gar nicht. Er ärgert sich über seine Geschwätzigkeit.

Der Beamte wiederholt mit Nachdruck, dass die Besuchszeit beendet sei. Nora küsst ihren Vater flüchtig auf die Wange. Sie hat es plötzlich sehr eilig.

***

Starker Regen hat eingesetzt. Je mehr Nora sich Wolfshagen nähert, desto mehr verliert sie die Fassung. Die Gedanken kreisen um das Gespräch mit dem Vater. Sie verschmiert Tränen im Gesicht. Der Regen macht den Staub auf der Straße zu einer gefährlich glatten Fläche, Nora muss sich aufs Autofahren konzentrieren. Trotzig sucht sie im Radio nach einem Musiksender. Endlich findet sie einen aggressiven Titel von David Bowie und lässt diesen laut durch ihren Wagen dröhnen. Plötzlich knallt etwas gegen das Auto. Nora macht eine Vollbremsung. Der Wagen gerät ins Schleudern. Nora stößt mit dem Kopf gegen das Lenkrad. Im letzten Moment gelingt es ihr, das Auto vor einem Straßenbegrenzungsstein zum Stehen zu bringen. Sofort dreht sie die Musik aus. Eine Weile verharrt sie still in ihrem Wagen auf der verlassenen Straße, mehrmals sieht sie in den Rückspiegel und kann nicht erkennen, was gegen ihren Kotflügel geprallt ist. Vorsichtig öffnet sie die Tür. Zögernd setzt sie einen Fuß nach dem anderen auf den Asphalt und verlässt zögernd das Auto, in Richtung vom Aufprall. Mitten auf der Fahrbahn liegt regungslos eine Katze, die jedoch noch lebt. Nora sieht sich hilflos um. Kein Mensch. Langsam geht sie auf das Tier zu. Mit seinen wachen Augen und unnatürlich verrenkten Gliedern verfolgt die Katze jeden Schritt, den Nora näher kommt. Eine immer größer werdende Blutlache breitet sich unter dem Tier aus. Nora möchte die Katze von der Straße heben, doch sie wagt nicht, deren zertrümmerten

Körper zu berühren. Sie erträgt den Blick des Tieres nicht länger. Diese Schuld. Langsam geht Nora zu ihrem Auto zurück und steigt ein. Eine Weile legt sie den Kopf aufs Lenkrad, dann dreht sie die Musik laut auf und startet. Sie fährt ein Stück vorwärts, dann sehr entschlossen zurück – über die Katze.

Danach nach Wolfshagen. Ohne sich noch einmal umzudrehen.

***

Auf der großen Wiese hinter Irenes Kneipe sind bereits Bierzelttische und Sitzmöbel aufgebaut. Manfred Sobotta und Horst Pösel sind dabei, Bretter zu einem Quadrat als Tanzfläche für das Dorffest auszulegen.

Priska Feske, Gabi Sobotta und Inge Liebenthal befestigen Girlanden in den weißen Zelten, welche zum Schutz vor eventuellem Regen aufgebaut worden sind. Irene Schönborn beobachtet die Frauen und Männer. Dass das Fest neben ihrer Kneipe stattfindet, gibt ihr das Gefühl, für dessen Gelingen besonders verantwortlich zu sein.

Priska hat sich in Tangendorf eine frische Dauerwelle in ihr kurzes Haar legen lassen. Die Frisur ist ballonartig aufgefönt, damit sie nicht, bevor das Fest beginnt, wieder in sich zusammenfällt. Priska fühlt sich heute jünger und begehrenswerter als an anderen Tagen. Vielleicht trägt dazu auch bei, dass sie Nora am frühen Morgen übereilt aus Wolfshagen wegfahren sah.

»Die Herbst ist weg. Die kommt nicht zu unserem Dorffest.« Als Inge Noras Namen hört, fällt ihr die Girlande aus der Hand.

»Arne hat gesagt, die bleibt so lange bei uns, bis sie etwas herausgefunden hat.«

Gabi Sobotta schaut ungeduldig zu, wie ungeschickt Inge versucht, die Girlande wieder auseinander zu ziehen.

»Die Herbst lässt nicht locker, das glaube ich auch.«

»Na und, kann uns doch egal sein!« sagt Priska und

lächelt ihrem Mann zu, der sich von hinten an Inge heranschleicht. Fred Feske hat die Öffnung eines der vielen Luftballons, die er fürs Fest aufzublasen hat, mit den Fingern auseinander gezogen und hält den Ballon heimlich an Inge Liebenthals Ohr. Die Luft entweicht unter einem lauten, unangenehmen Quietschen. Inge schreit vor Schreck, lässt im selben Moment die Girlande fallen und kann sich nicht mehr beruhigen. Haben die umstehenden Frauen eben noch gelacht, spüren sie nun, dass die Stimmung kippt. Hysterisch schreiend läuft Inge davon.

»Was ist denn mit der los?«, möchte Fred wissen.

»Idiot!«, sagt Gabi Sobotta und eilt Inge nach.

Priska sieht ihren Mann vorwurfsvoll an, der weiß sich sofort zu wehren.

»Wie siehst du denn am Kopp aus? Wahrscheinlich hast du auch noch mein teures Geld dafür ausgegeben, dass man dich so zurichtet. Denke ja nicht, dass ich heute Abend mit dir tanze, so bekloppt, wie du aussiehst!«

***

Es ist ein verzweifeltes, trockenes Weinen, das Inge Liebenthal seit Jahren immer wieder befällt. Hastig betritt sie den Edeka. Sie weiß nicht, wohin sonst sie sich so aufgelöst flüchten könnte. Nach Hause? Zu ihrer Mutter, die nichts versteht? Auch Arne soll sie keinesfalls so schwach sehen. Doris Pösel ist gerade dabei, Schnapsflaschen in die Regale ihres Ladens einzusortieren.

»Inge!«

»Alles war doch nur Spaß. Spaß muss sein, habt ihr gesagt. Wir wollten die Hure doch nur ein bisschen besoffen machen . . .«

Gabi betritt hastig das Geschäft. Inge stürzt unvermittelt auf sie zu.

»Das war alles deine Idee, damals! Du bist an allem schuld!« Einen Moment lang sieht Doris Pösel der Szene hilflos zu, dann nimmt sie eilig eine Flasche Korn aus einem Karton und hält diese Inge zum Trinken hin. Inge aber weicht zurück, als sie die offene Flasche sieht.

Doris gibt nicht nach.

»Nun los. Zur Beruhigung.«

Gabi Sobotta wird nachdrücklicher.

»Jetzt trink gefälligst! Du kannst doch jetzt nicht durchdrehen, du ziehst uns sonst alle mit rein. Oder willst du, dass die uns alle drankriegen?«

Inge trinkt. Doris drückt die Kornflasche gegen Inges Mund, so dass diese sie nicht absetzen kann, bevor ein Drittel leer ist. »Es war doch nur Spaß«, sagt Inge immer wieder leise. Mit dem Rücken lehnt sie sich an das Flaschenregal und rutscht vor sich hin starrend zu Boden.

***

Es war doch nur Spaß. Es sollte nur Spaß sein. Helga Herbst hatte auf dem Dorffest mal wieder eine ihrer Shows abgezogen. Mich hatte es eigentlich gar nicht gestört. Aber die anderen Frauen, die Frauen, die mit ihren Männern dort waren, die waren aufgeschreckt – wie die Hühner. Die Frauen konnten tun, was sie wollten, doch ihre Kerle hatten nur noch Augen für die Herbst. Es ist nicht einfach für eine Frau, immer mit einer Schöneren standhalten zu müssen. Aber wenn ich ehrlich sein soll, hatte auch die Helga Herbst es nicht leicht. Sie hatte keine Freunde im Dorf. Nur Frauen, die sie hassten und nur Männer, die am liebsten mit ihr . . . Wir wollten ihr einen kleinen Streich spielen. So tun, als könnte sie nun in unserer Gruppe aufgenommen werden, als könnte sie unsere Freundin werden. Es war Gabis Idee, Helga Herbst abzufüllen, so betrunken zu machen, dass sie nicht mehr wusste, wer sie ist, dass sie sich so richtig schön blamierte – vor allen Leuten auf dem Dorffest.

Doris, Gabi und ich nahmen sie fest zwischen uns und lockten sie weg von der Festwiese – in den Wald.

Gabi lachte ständig und sagte: »Los, Helga, begraben wir endlich das Kriegsbeil! Trinken wir auf unsere Freundschaft! Trinken wir! Du zuerst.«

Gabi war es auch, die Helga als Erste die Schnapsflasche an den Mund drückte. Die Herbst konnte gar nicht anders als schlucken. Doris und Gabi haben gelacht. Ich auch. Schon beim ersten Schluck hat die Herbst sich gesträubt, als wäre das Gesöff zu stark für sie, als wäre etwas nicht in Ordnung.

War ja auch zu stark, Gabi hatte reinen Alkohol mit etwas Wasser gemixt. Extra für die Herbst. Wir selbst, wir wollten ja nichts davon trinken! Gabi hat nicht zugelassen, dass sie die Flasche absetzen konnte. Und wir haben ihr dabei geholfen. Die Herbst hat sich gewehrt. Nicht lange, dann hat sie versucht zu würgen. Und dann, dann wurde sie ganz still. Sie hat mich angesehen. Einen Augenblick lang. Dann ist sie hingefallen. Gabi hat gelacht. Doch ich habe gleich gewusst, dass irgendetwas nicht stimmte. Dass die nicht mehr lebte.

Sie war tot. Doris und Gabi haben das erst begriffen, als aus Helga Herbsts Mund dieses weiße, dickliche Zeug lief. Geschrien habe ich. Wollte weglaufen. Doch Gabi bekam mich zu fassen. Schlug mich – ins Gesicht. Ich musste mit anfassen – bei der Toten. Ich weiß nicht mehr, welche von beiden, Doris oder Gabi, die Idee hatte, es dann so zu tun. Doris hat auch geheult. Die Herbst war so schwer.

»Ik kann nich mehr!«, habe ich gejammert. Gabi hat befohlen, dass ich mich zusammenreißen soll. Ich musste die Frau hinten allein tragen. Mir sind die Füße von der Toten aus den Händen gerutscht. Ihre Beine schleiften auf dem Waldboden entlang. Ich habe immer wieder versucht, sie an den Beinen zu fassen. Sie waren so schwer. Wir haben Helga Herbst mitten auf der Straße abgelegt. Vielleicht lebte sie ja auch noch. Plötzlich leuchteten am Ende der Straße Scheinwerfer auf. Wir sind schnell zurück in den Wald verschwunden. Ich habe noch die Jugendlichen gehört, die aus den Fenstern grölten und im Affentempo rasten. Ich habe mir die Ohren zugehalten, bevor sie über die tote Frau fuhren. Gabi sagte: »Wenn die Alte noch nicht tot war, dann ist sie es jetzt.«

Das hätte sie nicht sagen sollen. Es gehört sich nicht, schlecht über Tote zu reden.

Manchmal bringe ich heimlich Blumen ans Grab von Helga Herbst.

***

Inge richtet ihren abwesenden Blick auf Gabi Sobotta.

»Und all das, weil ihr Angst um eure Kerle hattet! Jetzt kommt alles raus, und ich bin mit dran!«, schreit sie und rennt ein paar Meter durch den Laden, ohne zu wissen, wohin. Sie beginnt, Sachen aus den Regalen zu Boden zu werfen.

»Alles wegen euch!«

Gabi eilt auf Inge Liebenthal zu und ohrfeigt sie.

»Gar nichts kommt raus! Hörst du. Die kleine Nutte wird uns nichts am Zeug flicken. Verstehst du! Die ist hier bald wieder weg. Ich weiß auch schon, wie wir die weg kriegen.«

Inge nickt mit dem Kopf wie ein Kind, das verspricht, ab sofort wieder brav zu sein.

***

Die Szene, in der ihr Vater die Mutter würgte, wiederholt sich immer wieder vor Noras Augen. Sie meint, nun endlich zu wissen, wie es sich vor zwölf Jahren aller Wahrscheinlichkeit nach zugetragen hatte. Jürgen Herbst wollte seiner Frau nicht glauben, dass sie kein Verhältnis mit Schönborn hatte, und schon gar nicht, dass dieser sie Jahre vorher »nur« einmal vergewaltigt hatte. Doch Helga Herbst drängte darauf, dass ihr Mann diesen Kerl zur Rede stellte – und dessen Tat somit öffentlich machte. Vielleicht hatte sie sogar beschlossen, Schönborn anzuzeigen. Doch wie beweist man eine lange zurückliegende Vergewaltigung? Für Jürgen Herbst hatte es offensichtlich keinen Unterschied gemacht, ob sich seine Frau freiwillig oder unfreiwillig »hergegeben« hatte. Die Tatsache, dass an ihr ein anderer Kerl »dran« gewesen war, war das Zerstörende. Hinzu kam das Gerede der Leute, das er befürchtete. Für die Nachbarn wäre Helga Herbst auch an einer Vergewaltigung selbst schuld gewesen, so aufreizend, wie sie sich ständig aufführte. Also achtete ihr Ehemann sorgsam darauf, dass nach außen alles wie immer schien. Das Kind, das neun Monate nach der angeblichen Vergewaltigung zur Welt gekommen war, konnte auch das seine sein. Er behandelte Nora stets wie seine leibliche Tochter. Jedoch zwischen ihm und seiner Frau war nichts mehr so, wie es am Anfang der Ehe gewesen war.

Vermutlich hatte Helga Herbst deswegen vor zwölf

Jahren auf dem Dorffest von Schönborn verlangt, dass er endlich zugab, nie eine Affäre mit ihr gehabt zu haben. Sie wollte, dass in ihr Leben Ruhe einkehrte, vielleicht hoffte sie, so ihre Ehe noch retten zu können. Schönborn jedoch war ein feiger Hund und schaffte sich die lästige Frau vom Hals. Genauso wird es damals auf dem Dorffest gewesen sein, davon ist Nora nun überzeugt. Was ihrer Mutter damals nicht gelang, wird ihre Tochter jetzt nachholen. Nora wird geschickt vorgehen, sehr geschickt.

Obwohl sie sich ihrem Ziel plötzlich sehr nahe fühlt, empfindet sie keinen Triumph, als sie auf ihrer Tapete Schönborns Namen fett unterstreicht. Die Namen von Pösel und Sobotta hakt sie ab. Sie zieht sich das Sommerkleid ihrer Mutter über und die Jeansjacke, in deren Taschen sie Reizgas und ein Diktiergerät steckt. Es kommt ihr vor, als müsse sie einen Job zu Ende bringen, einen ungeliebten Job. Als sie ihre Wimpern schwärzt, sticht sie sich aus Versehen ins Auge.

***

Die Festwiese ist bereits mit Männern und Frauen aus den umliegenden Dörfern bevölkert. Nur mit Schwierigkeit findet Nora einen Weg durch die vielen parkenden und ständig neu ankommenden Autos. Die Tangendorfer Feuerwehrkapelle spielt auf. Ein angesoffener Rentner beginnt, wie auf Befehl nach der Marschmusik über die bretternde Tanzfläche auf der Festwiese zu exerzieren. Kinder tun es ihm nach. Irene Schönborn und Inge Liebenthal zapfen eilig Biere. Am Getränkestand drängeln sich nur Männer. Fast alle von ihnen tragen lockere Jagdkleidung, manche Patronengürtel über der Brust und Messertaschen an Gürteln. Am Kaffee- und Kuchenstand haben sich viele Frauen versammelt, die meisten von ihnen haben eine ähnliche Frisur wie Priska. Auch die Kleider ähneln sich, so als hätten die Frauen sich vorher getroffen und eine Sammelbestellung bei einem Versand aufgegeben. Die Hacken ihrer Pumps stecken im weichen Wiesenboden fest. Wenige Jugendliche sammeln sich an der Schießbude, wo man große Plüschtiere, Asti Spumante und Plastikblumen gewinnen kann. Ein kleines Mädchen sitzt auf dem weißen Schwan des Kinderkarussells und fährt im Kreis.

Nora entdeckt Manfred Sobotta, der ein noch blutendes Wildschwein am Spieß dreht und es immer wieder mit reichlich Bier aus der Flasche bespritzt. Doris Pösel sitzt an einem kleinen Tombolastand, für den sich bisher kein Mensch interessiert.

Noras Blick begegnet dem von Arne Liebenthal, als

dieser gerade einen Eimer dicke, noch lebende Aale in einen großen Holzbottich kippt. Ein Aal fällt unbemerkt daneben und schlängelt sich durch das Gras davon, so als wüsste er den Weg – zurück zu dem See, aus dem man ihn gefischt hatte.

»DJ Patrick« legt eine erste CD ein – »Albani« von Roger Whittaker. Kleine Kinder fassen sich an den Händen und tanzen im Kreis. Endlich entdeckt Nora Klaus Schönborn. Gemeinsam mit Manfred Sobotta, der sich am Wildschweinspieß ablösen lässt, geht er zum Schießstand. Die beiden Männer stellen ihre Biergläser ab und beginnen, um die Wette zu schießen. Klaus Schönborn hat gerade ins Schwarze getroffen, als Nora ihn fragt: »Darf ich bitten?«

Sobotta ist einen Moment lang von so viel Direktheit überrascht, dann pustet er den Schaum von seinem Bier und grölt:

»He, he! Ich wusste ja gar nicht, dass wir heute Damenwahl haben.«

Schönborn legt das Gewehr wieder an.

»Wusste ich auch nicht.«

»Wenn eine Frau was von dir will, ziehst du also den Schwanz ein«, erwidert Nora lächelnd.

Schönborn schießt. Daneben. Legt das Gewehr ab und zieht Nora auf die Tanzfläche.

Vom Tombolastand aus beobachten Priska und Doris Irene, die ihren Mann und Nora fixiert.

»Arme Irene . . .«

»Von einem so schönen Teller isst man eben nie allein . . .«

Irene greift plötzlich nach Arnes Hand und zieht ihn, obwohl er sich sträubt, auf die Tanzfläche. Irene führt, tanzt sich mit Arne dicht an ihren Mann und Nora heran.

Nora unternimmt einen erneuten Versuch, mit Klaus Schönborn ins Gespräch zu kommen.

»Ich muss etwas mit dir bereden, etwas sehr Wichtiges!«

»Heute wird mal nicht geredet. Heute wird gefeiert.«

»Es ist sehr wichtig. Für dich und mich.«

In diesem Moment klatschten Irene und Arne bei Klaus und Nora ab. Arne ist sehr aufgeregt, weil er nun plötzlich Nora in seinen Armen hält und dabei auch noch den Tanz führen soll. Am Pochen in seinen Schläfen spürt er deutlich, dass sein Kopf sehr rot angelaufen ist. Nora ist anzusehen, dass sie überhaupt keine Lust auf diesen Partnerwechsel hat. Irene tanzt mit ihrem Mann gekonnt und beschwingt. Dabei lächelt sie, als wäre die Welt in Ordnung, während sie anderen Tanzenden begrüßend zunickt.

»Du verdirbst mir heute nicht das Fest . . .«, sagt sie leise zu ihrem Mann.

»Ach, jetzt kommt wieder diese Nummer . . .«

»Du hörst auf, mit der rumzumachen! Und lässt dich vor all den Leuten nicht mehr mit ihr zusammen blicken!«

»Was habe ich denn nun wieder verbrochen! Ich habe sie doch nicht aufgefordert, sondern sie mich. Kannst ja Manfred fragen.«

»Die ist wie ihre Mutter. Läuft dir nach, bis sie dich hat.«

»Was weißt du schon?«

»Mehr, als dir lieb ist. Ich weiß alles.«

»Ach ja. Und?«

Irene sieht ihren Mann mit einem Lächeln an. Er wendet sich verunsichert ab und nickt grüßend Bekannten zu.

Nora kommt es vor, als wäre dieser Musiktitel endlos lang und beschließt, Arne auf der Tanzfläche stehen zu lassen. Fred Feske jedoch hat sie beobachtet und kommt ihr zuvor. Er klatscht ab, greift sich Nora und wirbelt sie grob herum. Arne steht eine Weile wie ein Depp da und verschwindet dann unter den Augen einiger grinsender Männer von der Tanzfläche. Priska beobachtet unglücklich, wie ihr Mann, der sich immer als konsequenter Nichttänzer ausgab, mit Nora tanzt. Sogar der olle Manni Sobotta schwingt seine Frau über die Bretter.

Nora versucht, sich aus Feskes Griff zu befreien, doch der lässt sie erst gehen, als der Musiktitel zu Ende ist. Mit einer Verbeugung bedankt er sich auf ironische Weise für den »wunderbaren« Tanz.

Nora eilt zum Bierstand. Sie greift sich eines der Gläser Wodkafeigen, die auf Inges Tresen aufgereiht stehen, trinkt gleich noch ein zweites. Der Alkohol löst ihre Anspannung ein wenig. Sie lehnt sich mit dem Rücken an den äußeren Pfeiler des Bierstands und ignoriert die verstohlenen Blicke der in der Nähe stehenden Männer. Nora beobachtet das Geschehen auf der Tanzfläche, Irene und Klaus, die einen ausgelassenen Eindruck machen. Plötzlich hört sie hinter ihrem Rücken Inge Liebenthal flüstern:

»Mädchen, setz dich in dein Auto und verschwinde von hier. Heute noch!«

Nora dreht sich abrupt um und knallt ihr leeres Schnapsglas auf den Tresen.

»Noch einen bitte! Was ist denn los? Warum soll ich abhauen?«

»Ich weiß nicht. Irgend was haben sie heute vor – mit dir.«

»Wer?«

»Das weiß ich doch nicht.«

»Du kannst den anderen sagen, dass sie sich die Mühe sparen können. Ich weiß inzwischen, was hier vor zwölf Jahren los war. Ich habe nur noch eine Sache zu regeln, und dann bin ich weg. Für immer.«

Inge beginnt zu schreien. Nora erschrickt und versucht sie zu beruhigen.

»*Sie* brauchen sich doch keine Sorgen zu machen . . .«

Der neben den Bottich gefallene Aal kriecht über Inges nackten, in einer Sandale steckenden Fuß. Inge starrt auf das Tier und wird immer hysterischer. Leute sehen herüber. Nora beginnt zu lachen. Lacht und lacht. Der Aal bahnt sich seinen Weg durchs Gras.

***

Mehrmals versucht Nora vergeblich, in Klaus Schönborns Nähe zu gelangen. Er gibt sich geschäftig. Wenn er nicht umringt von mehreren Leuten ist, steht seine Frau in seiner Nähe. Gegen Abend, als schon die hellen Partylampen über die Wiese leuchten, kommt es zum alljährlichen Höhepunkt des Wolfshagener Dorffestes. Aalgreifen. Schönborn hält dafür zwei seiner Pferde bereit. Manfred Sobotta steigt als erster auf, wobei er mehrmals schwankend aus dem Steigbügel rutscht. Er versucht dann – im Wettbewerb mit einem jungen Mann aus Tangendorf – im Galopp, einen Aal aus dem bis oben mit Wasser gefüllten Bottich mit der bloßen Hand zu fassen. Beiden Männern gelingt dies nicht. Bei einem weiteren Versuch packt Manfred Sobotta unter heiseren Anfeuerungsrufen seiner Frau einen Aal, doch dieser windet sich so kraftvoll, dass er nach wenigen Sekunden in den Bottich zurückfällt. Die Zuschauer grölen, weil die Reiter bei diesem Spiel fast vom Pferd fallen. Doris Pösel möchte, dass ihr Mann es auch einmal versucht, doch der sträubt sich. Jetzt sitzt Klaus Schönborn im Wettbewerb mit einem fremden Jüngling als Gegner. Klaus reitet gekonnt los und greift einen dicken Aal aus dem Bottich. Das Tier windet sich mit gewaltiger Kraft um seinen nackten Unterarm. Doch Schönborn gelingt es, den Aal festzuhalten. Er reitet zur Startlinie zurück und knallt das Tier auf den Boden. Arne nutzt den Moment, in dem der Aal betäubt ist, und sticht ihm mit dem Messer ins Genick. Schönborn wird bejubelt. Er ist der Aalkönig. Er übergibt sein Pferd einem nächsten Herausforderer und geht in Richtung Schießstand.

Sofort nutzt Nora die Gelegenheit und begibt sich an Schönborns Seite. Gabi Sobotta, die die Aufsicht am Schießstand übernommen hat, weil die anderen beim Aalgreifen zusehen wollen, versucht die beiden heimlich zu belauschen. Nora steht sehr nah bei Schönborn, berührt ihn wie zufällig, als sie fragt, ob sie sich an diesem Abend noch sehen würden.

Schönborn hält unauffällig Ausschau nach seiner Frau. Irene beobachtet ihn. Er gibt ihr zu verstehen, dass Nora ihm auf die Nerven gehe.

Nora wird anzüglich.

»Ich möchte so gern an der Stelle weitermachen, an der wir neulich aufgehört haben. Ich dachte, du hättest auch Lust dazu. Aber wenn du kneifst . . . Du hast wahrscheinlich Angst vor deiner Frau.«

»Ich habe in meinem Leben noch nie gekniffen.«

»Also?«

Schönborn sieht wieder kurz zu seiner Frau, dann unauffällig auf die Uhr.

Er ist sich nicht ganz sicher, ob er das Folgende vielleicht nur sagt, um Nora loszuwerden. Dass sie es ihm so leicht macht, hat ihn längst sein Interesse an ihr verlieren lassen. Die Kleine musste noch viel lernen. Das Kleid und ihr Aussehen machen sie eben längst noch nicht zu ihrer Mutter. Helga Herbst war ein ganz anderes Kaliber.

»Meinetwegen. Am Hochstand. Gegen Mitternacht.«

Sofort wendet sich Nora von ihm ab. Als sie über die Festwiese stolziert, unterdrückt sie ein triumphierendes Lächeln.

***

Gabi Sobotta nutzt die nächste Gelegenheit, um zu Inge Liebenthal an den Bierstand zu gelangen. Sie lässt sich von Irene Schönborn zwei »Kleiner Feigling« aushändigen und kippt diese nacheinander hinunter. Irene steht hinter dem Tresen am Zapfhahn und kann hören, dass Inge flüsternd darauf besteht, das Fest nicht verlassen zu wollen, weil sie hier am Stand gebraucht wurde. Gabi Sobotta ist unnachgiebig.

»Dann denke dir schon mal eine gute Ausrede aus. Du stößt nachher zu uns – genau wie Priska und Doris!«

»Ich kann nicht!«

»Du kannst! Mitgefangen ist mitgehangen.«

Gegen Mitternacht geht das Fest langsam zu Ende. Während noch ein paar Unermüdliche wild nach Musik aus den Siebzigerjahren tanzen, sind Horst Pösel und Manfred Sobotta längst mit den Köpfen auf den bierverschmierten Tischen eingeschlafen. Gabi, Doris und Priska sitzen an ihrem leer geräumten Tombolastand und beobachten konzentriert Nora und Schönborn, der immer wieder den Schießstand aufsucht, um – vergeblich – ins Schwarze zu treffen. Fredi Feske lacht ihn aus, schießt anschließend aber genauso schlecht.

Nora nickt Schönborn zu, bevor sie sich zum vereinbarten Treff aufmacht. Im sicheren Abstand folgen ihr nacheinander Doris Pösel, Priska Feske, Inge Liebenthal und Gabi Sobotta.

Klaus und Fredi torkeln zu Irene an den Bierstand. Fred zerrt eine geschossene Plastikrose aus seinem Hut.

»Für die schönste Bierzapferin der Welt!«

Irene sagt höhnisch »Haha!« Doch der Gedanke, dass Klaus annehmen könnte, Fredis Kompliment sei ernst gemeint, freut sie.

Klaus knallt eine schmierige Plastiktüte auf den Tresen. »Ich habe auch was für dich!«

Tote Aale gleiten aus der Tüte. Irene weicht angewidert zurück. Als hätte Klaus begriffen, dass seine Witze nicht mehr recht ankommen, verkündet er, jetzt nach Hause gehen zu wollen. Irene stellt drei Schnapsgläser auf den Tresen.

»Aber wir haben doch noch gar nicht richtig auf den Aalkönig angestoßen!«

»Genau!«, sagt Fred, greift sofort nach dem vollsten Glas und stößt damit gegen die beiden anderen.

»Auf Ex!«

Die beiden Männer kippen das Zeug hinunter, während Irene nur nippt und ihnen sofort wieder nachschenkt.

»Aber danach gehe ich wirklich los!«, nuschelt Klaus.

Irene schenkt noch einmal nach. Sie solle sich auch noch einen einschenken, verlangt Fred. Irene möchte statt des Korns lieber ein Bier trinken. Sie zapft am Hahn, doch es fließt nur noch Schaum ins Glas.

»So ein Schiet aber auch. Jetzt ist kurz vor Schluss auch noch die Kohlensäure alle. Ich bin gleich wieder da, ja. Nicht weggehen, ihr zwei!«

Irene schiebt den beiden Männern die übervolle Handkasse zu und verschwindet in Richtung Kneipe. Fred greift sich die offene Kornflasche und schenkt Klaus und sich nach.

***

Es ist eine sternklare Nacht. Vollmond. Nora geht den Waldweg entlang. Sie nimmt das Aufnahmegerät aus der Jackentasche und diktiert ein paar beliebige Zahlen, danach hört sie die Aufnahme ab und steckt das Gerät beruhigt wieder ein. Sie sieht sich um, doch Schönborn scheint sich Zeit zu lassen.

Der Mond wirft Licht auf den breiten Weg. Spinnweben verfangen sich in Noras Gesicht. Als sie sie wegwischt, vernimmt sie plötzlich hinter sich ein schlagendes Geräusch. Dann noch eines von vorn kommend. Nora sieht sich suchend um. Im Dickicht kann sie niemanden erspähen. Dieses immer näher auf sie zukommende Schlagen gleicht dem der Treibjagd. Nora beginnt zu laufen.

***

Die beiden Männer trinken einen weiteren Schnaps, als Klaus plötzlich beobachtet, wie seine Frau gar nicht in die Kneipe geht, um Kohlensäure zu holen, sondern neben dem Haus im Dunkeln verschwindet. Ihm wird klar, dass Irene den Weg nimmt, den er längst gegangen sein sollte – in Richtung Wald – zum Hochstand. Zu Nora. Schönborn torkelt seiner Frau nach. Feske starrt unschlüssig auf die bei ihm zurückgebliebene Kasse.

»He, du kannst mich doch hier nicht allein lassen!«

Arne Liebenthal beobachtet, wie Klaus sich nicht noch einmal zu Feske umdreht.

***

Nora hastet durch die Schonung. Das Schlagen kommt bedrohlich näher. Verzweifelt sucht sie nach einer Richtung, in die sie fliehen könnte. Doch sie befindet sich in einem Kessel. Arme und Beine sind durch stachlige Zweige blutig zerkratzt. Ihr Puls schlägt in den Schläfen. Schreiend wirft sie sich zu Boden und hält sich die Ohren zu. Zusammengekrümmt bleibt sie so liegen und wagt nicht, den Blick zu heben. Plötzlich ist Totenstille. Dann kracht ein Schuss.

Klaus Schönborn schreckt zusammen. Er beginnt, in die Richtung zu laufen, aus der der Schuss kam. Die Frauen, die leise kichernd durch den Wald zurück ins Dorf gehen, bemerkt er nicht. Gabi Sobotta trägt eine Flinte. Inge Liebenthal stolpert Gabi, Doris und Priska langsam hinterher.

Nora liegt noch lange regungslos auf dem feuchten Waldboden. Sie hat Angst, tot zu sein. So wie als kleines Mädchen in ihren Träumen, in denen man sie in einen Sarg legte und den Deckel schloss. Sie wollte rufen, dass sie noch lebte, doch ihr Körper war tot. Sie hörte die Erde auf das Holz des Sargdeckels prasseln, wollte schreien, doch es gelang ihr nicht. Im Moment der größten Panik wachte sie auf, lag lange danach regungslos in ihrem Bett, gelähmt vor Angst, nicht mehr zu leben.

Der Hochstand ist nicht weit entfernt. Nora richtet sich langsam auf und läuft los. Erleichtert registriert sie, dass Klaus Schönborn ihr scheinbar zuvorgekommen ist und dort oben auf dem Hochsitz wartet. Bevor Nora die erste Stufe der Leiter betritt, stellt sie das kleine Diktiergerät in ihrer Jackentasche auf Aufnahme.

»Dieses Schwein! Hast du das gehört? Das müssen drei oder vier Kerle gewesen sein, die da hinter mir her waren. Die hätten mich beinahe abgeknallt!«

Ihre Hände und Knie zittern so stark vor Angst, dass sie sich kaum festhalten kann. Wie mechanisch klettert sie weiter, fest entschlossen, ihr Vorhaben zu einem Ende zu bringen. Dieses Wolfshagen ödet sie an, sie will endlich weg von hier. In diesem Moment fällt etwas um ihren Hals. Bevor Nora begreift, dass ihr eine Schlinge die Kehle zuschnürt, stellt sie fest, dass dort oben auf dem Hochsitz nicht Klaus, sondern Irene Schönborn auf sie gewartet hat. Im letzten Augenblick gelingt es Nora, ein paar Finger zwischen ihren Hals und den Strick zu stecken. Irene zieht mit großer Kraft fester und versucht, den Strick am Geländer des Hochstandes festzuzurren, damit es später so aussieht, als hätte sich Nora hier aufgehängt. Nora röchelt nach Luft. Krampfhaft versucht sie mit beiden Händen, den Strick von ihrem Hals zu lösen. Ohne Erfolg. Ihre Füße rutschen von den Leitersprossen ab. Nur noch bruchstückhaft hört sie, was Irene Schönborn voller Hass redet.

»Wer seinen eigenen Vater in den Knast bringt, der muss büßen, findest du nicht! Und wer ihn mit aller Gewalt wieder herausholen will, muss erst recht büßen! Wobei ich dir eigentlich dankbar sein müsste. Du hast mit deiner Aussage dafür gesorgt, dass sie ihm meine Blausäure angehängt haben.«

***

Klaus Schönborn benötigt Sekunden, bis er begreift, was dort – an seinem Hochstand – vor sich geht.

»Irene!«

An Nora vorbei klettert er die Leiter hinauf.

Einen Moment lang glaubt Klaus tatsächlich, er könne seine Frau beruhigen. Sie ist sehr still, sieht ihn ausdruckslos an. Klaus Schönborn will sie zärtlich an den Oberarm fassen. Doch Irene weicht zurück.

»Dich hätte ich damals umbringen sollen! Dich! Warum musstest du dieser verdammten Hure nachrennen! Und jetzt vögelst du auch noch mit deren Tochter rum! Mit deiner eigenen Tochter!«

Klaus Schönborn schüttelt abwehrend den Kopf. Was seine Frau da redet, versteht er nicht. Er will das alles nicht hören. Nicht glauben.

Behutsam greift er nach dem Strick in Irenes Hand.

Sie sagt kaum hörbar:

»Dich hätte ich umbringen sollen.«

Irene stößt ihren Mann von sich. Klaus Schönborn stürzt die Leiter hinunter. Der dumpfe Aufschlag seines Körpers auf dem Waldboden. Das Brechen seines Halswirbels. Im selben Moment wird Irene von einem Messer getroffen. Sie fällt über die Brüstung in die Tiefe – neben ihren Mann. Nora wird mitgerissen und bleibt zwischen den Eheleuten liegen.

Erst als Arne die Schlinge von ihrem Hals gelöst hat, wagt sie sich zu bewegen, spürt, dass sie noch lebt.

***

Bis zu dem Tag, an dem Nora nun endlich hier vor dem Eingang der JVA steht, um ihren Vater abzuholen, sollten noch Wochen vergehen.

Nachdem die schwerverletzte Irene Schönborn erfahren hatte, dass ihr Mann ums Leben gekommen war, hatte sie aufgehört, gegen den eigenen Tod anzukämpfen. Bevor sie auf der Intensivstation verstarb, legte sie ein umfassendes Geständnis ab.

Endlich verlässt Jürgen Herbst die JVA, tritt hinaus durch das Tor. Hunderte Male hatte Nora sich diesen Moment vorgestellt. In Filmen war es meist so, dass entlassene Häftlinge einen Moment vor dem Tor verharrten, weil sie vom Sonnenlicht geblendet waren. Doch es ist nicht wie im Film. Jürgen Herbst dreht sich nicht zu dem gewaltigen Gebäude um. Was ihn irritiert ist der Lärm der Autos, der in den letzten zwölf Jahren stark zugenommen hat.

Zwei Beamte stapeln Kartons neben ihm auf, die Herbst in den zwölf Jahren mit persönlichen Dingen angefüllt hatte. Nora zögert, bevor sie langsam auf ihn zugeht. Eine Weile stehen Vater und Tochter sich schweigend gegenüber, dann umarmen sie sich.

Eilig tragen sie die Kartons zu Noras Auto. Beim Einladen ist die alte, blonde Puppe im Weg. Nora betrachtet sie einen Moment lang und wirft sie dann weg – in Richtung einer großen Buche. Die Puppe jedoch fliegt nicht weit genug und landet auf der Straße. Im nächsten Augenblick wird sie von einem Auto überfahren.

***

In Wolfshagen sitzen Fred Feske und Arne Liebenthal zusammen auf der Hollywoodschaukel. Ein Makler aus Hamburg führt ein junges Paar mit kleiner Tochter über das Grundstück nebenan – ins ehemalige Mörderhaus. Priska sitzt mit ihrem Sohn in der Sandkiste und backt Kuchen. Dem kleinen Jungen fällt sein angebissenes Brötchen in den Kies. Er hebt es auf und gibt es seiner Mutter. Völlig vertieft, im Ärger darüber, dass ihr Mann die hübsche junge Frau auf dem Nachbargrundstück so fixiert, beißt Priska in das Brötchen und kaut – ohne den Sand zu bemerken.

Bevor er Wolfshagen endgültig verlässt, hält der Immobilienmakler noch auf Schönborns verlassenem Gehöft. Er steigt aus seinem BMW und stellt ein Schild mit der Aufschrift »Zu verkaufen« im Vorgarten auf.

An Schönborns Hauswand hat jemand »Mörder« gepinselt.